共和国故事

点燃激情

——北京残疾人奥运会成功举办

李静轩 编写

吉林出版集团股份有限公司

图书在版编目（CIP）数据

点燃激情：北京残疾人奥运会成功举办/李静轩编. —

长春：吉林出版集团股份有限公司，2009.12

（共和国故事）

ISBN 978-7-5463-1877-6

Ⅰ．①点… Ⅱ．①李… Ⅲ．①纪实文学－中国－当代 Ⅳ．①I25

中国版本图书馆 CIP 数据核字（2009）第 237700 号

点燃激情——北京残疾人奥运会成功举办

DIANRAN JIQING　　BEIJING CANJIREN AOYUNHUI CHENGGONG JUBAN

编写　李静轩

责任编辑　祖航　李婷婷

出版发行　吉林出版集团股份有限公司

印刷　三河市嵩川印刷有限公司

版次　2010 年 1 月第 1 版　　　　2022 年 1 月第 9 次印刷

开本　710mm×1000mm　1/16　　印张　8　字数　69 千

书号　ISBN 978-7-5463-1877-6　　定价　29.80 元

社址　吉林省长春市福祉大路 5788 号

电话　0431－81629968

电子邮箱　tuzi8818@126.com

版权所有　翻印必究

如有印装质量问题，请寄本社退换

前　言

　　自 1949 年 10 月 1 日中华人民共和国成立至今,新中国已走过了 60 年的风雨历程。历史是一面镜子,我们可以从多视角、多侧面对其进行解读。然而有一点是可以肯定的,那就是,半个多世纪以来,在中国共产党的领导下,中国的政治、经济、军事、外交、文化、教育、科技、社会、民生等领域,都发生了深刻的变化,中国人民站起来了,中华民族已屹立于世界民族之林。

　　60 年是短暂的,但这 60 年带给中国的却是极不平凡的。60 年的神州大地经历了沧桑巨变。从开国大典到 60 年国庆盛典,从经济战线上的三大战役到经济总量居世界第三位,从对农业、手工业、资本主义工商业的三大改造到社会主义市场经济体制的基本确立,从宜将剩勇追穷寇到建立了强大的国防军,从废除一切不平等条约到独立自主的和平外交政策,从"双百"方针到体制改革后的文化事业欣欣向荣,从扫除文盲到实施科教兴国战略建设新型国家,从翻身解放到实现小康社会,凡此种种,中国人民在每个领域无不留下发展的足迹,写就不朽的诗篇。

　　60 年的时间在历史的长河中可谓沧海一粟。其间究竟发生了些什么,怎样发生的,过程怎样,结果如何,却非人人都清楚知道的。对此,亲身经历者或可鲜活如昨,但对后来者来说却可能只是一个概念,对某段历史的记忆影像或不存在,或是模糊的。基于此,为了让年轻人,特别是青少年永远铭记共和国这段不朽的历史,我们推出了这套《共和国故事》。

《共和国故事》虽为故事,但却与戏说无关,我们不过是想借助通俗、富于感染力的文字记录这段历史。在丛书的谋篇布局上,我们尽量选取各个时代具有代表性或深具普遍意义的若干事件加以叙述,使其能反映共和国发展的全景和脉络。为了使题目的设置不至于因大而空,我们着眼于每一重大历史事件的缘起、过程、结局、时间、地点、人物等,抓住点滴和些许小事,力求通透。

历史是复杂的,事态的发展因素也是多方面的。由于叙述者的视角、文化构成不同,对事件的认知或有不足,但这不会影响我们对整个历史事件的判断和思考,至于它能否清晰地表达出我们编辑这套书的本意,那只能交给读者去评判了。

这套丛书可谓是一部书写红色记忆的读物,它对于了解共和国的历史、中国共产党的英明领导和中国人民的伟大实践都是不可或缺的。同时,这套丛书又是一套普及性读物,既针对重点阅读人群,也适宜在全民中推广。相信它必将在我国开展的全民阅读活动中发挥大的作用,成为装备中小学图书馆、农家书屋、社区书屋、机关及企事业单位职工图书室、连队图书室等的重点选择对象。

编　者

2010 年 1 月

一、隆重开幕

二、顽强拼搏

一、 隆重开幕

● 从 2008 年 8 月 29 日到 9 月 6 日，北京残奥会火炬接力的传递活动将沿着"中华文明""时代风采"两条路线同时进行。

● 开幕式主持人说："这里是中华人民共和国的首都北京，这里是北京 2008 年残奥会的主办城市中国北京。今晚我们将在国家体育馆为您现场直播北京 2008 年残奥会开幕式的盛况。"

● 2008 年 9 月 6 日晚，法新社以"北京残奥会开幕式气势恢宏"为题，第一时间报道了北京残奥会开幕的盛况。

北京残奥会会徽揭晓

2004 年 7 月 13 日，第二十九届奥林匹克运动会组织委员会在北京中华世纪坛举行了北京 2008 年夏季残疾人奥林匹克运动会（简称为残奥会）会徽发布仪式。

中共中央政治局委员、国务院副总理回良玉，中共中央政治局委员、北京市委书记、北京奥组委主席刘淇，国家体育总局局长袁伟民，北京市市长、第 29 届奥林匹克运动会组织委员会（简称为北京奥组委）执行主席王岐山，国际残疾人奥林匹克委员会（简称为国际残奥委会）副主席弗朗索瓦先生，共同为北京 2008 年残奥会会徽"天地人"揭幕。

至此，北京 2008 年残奥会会徽揭晓。

会徽使用了红、蓝、绿 3 种色彩。其中，红色寓意太阳，深蓝色寓意蓝天，绿色寓意大地。

会徽的色彩还充分体现了北京奥运会的三人理念：红色，是具有浓重中国特色的"中国红"，体现了"人文奥运"的理念；深蓝色，代表着高科技，体现了"科技奥运"的理念；绿色，代表着环保，体现了"绿色奥运"的理念。3 种颜色的 3 个笔画综合起来，便成为一个运动的人形，即为"天地人"。

会徽充分体现了中国传统文化中"天人合一"的思

想，表达了现代人秉持科学的发展观，追求运动的和谐，人的自身与自然、社会和谐发展的理念。

北京 2008 年残奥会会徽以天、地、人和谐统一为主线，把中国的文字、书法和残疾人奥林匹克运动精神融为一体，集中体现了中国传统文化和现代奥林匹克运动精神，体现了"心智、身体、精神"和谐统一的残疾人奥林匹克运动精神。

残奥会会徽具有深厚的中国传统文化底蕴。

会徽图形部分是由红、蓝、绿三色构成的"之"字形，以书法的笔触表现出一个运动的人形，仿佛一个向前跳跃的体操运动员，又如一个正在鞍马上凌空旋转的运动员，体现了运动的概念。

另外，"之"字有出生、生生不息的意思，还有"到达"的意思。而且，"之"字字形曲折，寓意历经坎坷最终达到目标，终获成功。

可以说，汉字是中国传统典型的文化元素，充满了中国文化特色。

北京 2008 年残奥会会徽"天地人"，以汉字作为会徽图案，突出了"人文奥运"的理念，寓意深远，表现力强。

确定残奥会的主题与口号

2005 年 6 月 26 日，第二十九届奥林匹克运动会组织委员会主题口号发布仪式在北京工人体育馆举行。20 时15 分，在全场来宾的热切期盼中，李长春宣布北京 2008 年奥运会主题口号：

同一个世界 同一个梦想。

话音刚落，全场掌声雷动，覆盖在主题口号上的朵朵向日葵缓缓升空，"同一个世界 同一个梦想（One World One Dream）"呈现在世人眼前。

中共中央政治局委员、北京市委书记、北京奥组委主席刘淇主持仪式并致辞。

刘淇说：

这一主题口号表达了中国人民与世界各地人民共有美好家园、同享文明成果、携手共创未来的崇高理想；表达了一个拥有五千年文明、正大步走向现代化的伟大民族致力于和平发展、社会和谐、人民幸福的坚定信念；表达了 13 亿中国人民为建立和平美好的世界而贡献力量的心声。

这一主题口号是"人文奥运"理念的具体体现，是奥运会整体形象和筹办工作的一个指导原则。

国务委员、北京奥组委第一副主席陈至立，中央和北京市、北京奥组委有关领导，部分国家驻华外交使节，以及 4000 多名首都各界群众代表，出席口号发布仪式。

北京奥运会主题口号征集活动从 2005 年 1 月 1 日开始。在短短一个月时间里，共收到 21 万条应征口号。最终产生的这一口号是奥运会理念和举办国文化的高度概括。

刘淇致辞后，口号宣传歌曲的悠扬旋律回荡在体育馆大厅内。夜晚的北京沉浸在节日的喜庆气氛里。

中国移动通信集团有限公司在第一时间向全国发出口号短信，现场大型电子屏幕上不时出现各地人们收到短信时的微笑画面。

掌声、欢呼声和口号宣传歌曲声交织在一起，把口号发布仪式推向了高潮。

国际奥委会主席罗格专门致电北京奥组委，对北京奥运会主题口号的发布表示祝贺，认为这一口号抓住了奥林匹克精神的实质。

"同一个世界 同一个梦想"北京 2008 年奥运会主题口号，既是第二十九届奥林匹克运动会的主题口号，又是第十三届残奥会的主题口号。

"同一个世界 同一个梦想"集中体现了奥林匹克精神的实质和普遍价值观，即团结、友谊、进步、和谐、参与和梦想，表达了全世界在奥林匹克精神的感召下，不断追求人类美好未来的共同愿望。

尽管人类肤色不同、语言不同、种族不同，但我们共享奥林匹克的魅力与欢乐，共同追求人类和平的理想。我们同属一个世界，我们拥有同样的梦想。

"同一个世界 同一个梦想"深刻反映了北京奥运会的核心理念，体现了作为"绿色奥运、科技奥运、人文奥运"三大理念的核心和灵魂的"人文奥运"所蕴含的和谐的价值观。

建设和谐社会、实现和谐发展是我们的梦想和追求。"天人合一""和为贵"是中国人民自古以来对人与自然、人与人和谐关系的理想与追求。

此外，英文口号"One World One Dream（同一个世界 同一个梦想）"句法结构具有鲜明特色。

两个"One（一）"形成优美的排比，"World（世界）"和"Dream（梦想）"前后呼应，口号简洁、响亮，寓意深远，既易记上口，又便于传播。而中文口号"同一个世界 同一个梦想"中将"One"用"同一"表达，则使"全人类同属一个世界，全人类共同追求美好梦想"的主题更加突出。

北京残奥会吉祥物亮相

2006 年 9 月 6 日，夜幕降临，北京进入 2008 年残奥会倒计时两周年。象征着中华民族悠久文明的八达岭长城脚下灯火辉煌，第十三届夏季残疾人奥运会吉祥物，马上就要揭开神秘面纱。

正如期待第二十九届奥运会吉祥物"福娃"的诞生一样，人们再次期待北京向世界展示中国人对残疾人奥运会的感情和理解，期待残疾人奥运会的理念在东方古国延续，期待对这一理念诠释的吉祥物的诞生。

20 时 20 分，5 道绚丽的焰火划过晴朗的夜空，现场的大屏幕上勾勒出吉祥物轮廓，一头憨态可掬的小牛形象出现在大屏幕上。

同时，两个两米多高的充气吉祥物卡通人从大屏幕后走上舞台，这便是人们期盼已久的第十三届夏季残疾人奥运会吉祥物"福牛乐乐"。

"福牛乐乐"是中国奉献给残奥会和世界的友好形象大使，它具有浓郁的中国民族风格和文化特色，诠释着丰富的奥林匹克精神，蕴涵着残疾人运动员自强不息和顽强拼搏的精神，体现着人与自然和谐共处。

前几届残疾人奥运会吉祥物的设计大多以主办国家当地珍稀动物为原型。

这些吉祥物带有极强的地域色彩，更为重要的是，它们都通过自身的展示，向全世界传达了残疾人运动员自强不息、健康向上的精神风貌。

悉尼残奥会吉祥物"里兹"就是其中的代表。2006年都灵冬季残疾人奥运会吉祥物"冰精灵阿斯特"的雪花形象可算例外。

以动物作为原型进行吉祥物设计，已逐渐成为残奥会吉祥物设计的趋势。

北京残奥会吉祥物的设计则是在中国传统文化背景下完成的。这次的选择和设计是否能像"福娃"一样再度感动世界？能否体现超越、融合、共享的理念？

面对这样的问题，北京奥组委早在2004年8月5日，便开始了残奥会吉祥物设计的征集工作，几乎是与北京奥运会吉祥物设计征集同步。

在近4个月的时间里，北京奥组委共收到有效作品87件。在此期间，负责征集工作的北京奥组委文化活动部成了最繁忙的地方，咨询电话、邮寄信件、电子邮件不断地从世界各地集中到这里。

2004年12月1日17时30分，征集活动截稿。

2005年11月11日，"福娃"面世后，北京奥组委便紧锣密鼓地展开了残奥会吉祥物的评审修改工作。

87件作品被呈现在由专家、学者、残疾人艺术家、残疾人代表等各方人士组成的评委会面前。

这些作品中既有以动物为蓝本创作的形象，也有以中国神话中的神兽或人物为原型的设计。

经过评审，美猴王、哪吒两个神话人物形象和白鳍豚这一动物形象引起了评委们的注意。

评委会初次确定的这三个形象，基本确定了残奥会吉祥物创作修改的方向。

电视剧《西游记》和动画片《大闹天宫》让美猴王的形象深受中国人民甚至世界人民的喜爱，而哪吒的故事也在中国民间广为流传。

可以说，在认识度和中国文化的代表性上，这两个形象"代言"北京残奥会都有着极大优势。而白鳍豚以其濒危物种的身份和精灵可爱的形态也为自己赢得了不少支持。

随着 3 件作品的确定，修改工作也紧锣密鼓地展开。然而，随着修改工作的深入，意想不到的难题却将另一个形象推到桌面上。

首先，加入修改工作的是"福娃"的主要设计修改者——著名艺术家韩美林先生。韩先生将修改创作工作委托给了参与"福娃"设计修改工作的另一位主创人员——清华大学美术学院的吴冠英先生继续进行修改工作。

随着修改工作和评审工作的不断深入，美猴王的形象却因为形象、精神内涵等综合原因早早地退出了"角逐"。

评委会发现，由于中国民间存在的美猴王形象不计其数，设计上很难有大的突破；而且美猴王是一个极具个性，具有一定反叛性格的形象，这与北京残奥会所提出的"同一个世界 同一个梦想"的口号以及超越、融合、共享的理念存在一定差异。

因此，在主创人员于 2006 年 5 月提交的创作方案中，美猴王的形象被另一种动物——牛所取代。

在此次提交的方案中，哪吒和白鳍豚得以保留，但都作了很大修改，但是这两个得以保留的方案也在最终的角逐中输给了"牛"。

专家组对这一轮的修改方案进行讨论时发现，白鳍豚虽然是我国"国宝级"的濒危野生动物，既具有代表性，也在推动动物保护方面具有现实意义，但由于白鳍豚及其类似的形象近年来多次被一些重要的运动会和节日作为吉祥物使用过，因此，以白鳍豚为吉祥物很难与这些已经存在并注册的吉祥物形象进行区分，在知识产权保护方面会遇到很多困难。

哪吒形象经过修改，在造型上有了很大改进，但典型性不够，而且国外对这位中国家喻户晓的神话人物了解不多，缺乏代表性，其性格中少许的叛逆性也促使其退出了竞争。

此时，所有参与评审的专家、代表便将目光投向了在 87 件应征作品中都没有出现过的牛身上。

经过众多评委、专家和残疾人艺术家们的反复论证和实践，评委会决定：将吴冠英提交的设计方案中出现的牛的形象作为创作修改方向。

刚开始呈现在评委会眼前的小牛并不活泼可爱。后来，中国摄影家协会理事、北京 2008 年残奥会吉祥物评委王涛回忆第一次看到这个形象时说："牛本不在最初 3 个方案中，但当这个形象第一次出现在我眼前时，我觉得终于看到了可以体现残奥会精神的代表形象。"

　　评审组在反复讨论后认为，牛这种我们身边最为常见的动物恰巧能反映出残疾人是我们共同大家庭里平等、普通的一员。

　　牛大众化的形象更契合残疾人的现状，也能反映他们要融入社会的愿望。最为重要的一点是，牛的形象最能体现奥林匹克精神和北京 2008 年残奥会的理念。

　　牛的形象创作灵感来自古老的农耕文明。作为人类最古老的朋友——牛，扎扎实实、勤勤恳恳、坚韧不拔、永不言败。

　　牛是与人类最亲近的动物之一，它友好、忠厚、富有亲和力。在世界文明的长河中，田园牧歌是人们对和谐生活的向往与礼赞，牛的形象则广泛出现在田园生活中，可以体现出人们对人与自然和谐相处的憧憬与希望，体现人与自然的和谐共处，反映出北京奥运会"绿色奥运""人文奥运"的理念。

　　牛的良好形象蕴涵着残疾人运动员自强不息和顽强拼搏的精神，与残奥会运动员奋发向上的品格以及北京残奥会"超越、融合、共享"的理念相契合。

　　牛，朴实、乐观、勤奋，体现了一种积极的生活态

隆重开幕

度。奥林匹克运动会提倡的是一种积极向上的生活哲学，残奥会更倡导身体有障碍的人和健全人一样，享有在赛场上比赛的权利，并将这种精神延续到生活当中，做生活的强者，为社会的进步增添力量。

另外，在中国传统文化中，牛还有祈求风调雨顺、五谷丰登和平安祥和之意。

牛的形象在国际上具有广泛的认同性，牛是人类最早表现的动物，如在法国拉斯科壁画和西班牙阿尔塔米拉山涧岩画中，都有牛的形象。

牛的形象正面，在国际上已得到广泛认同。选择人类最熟识的动物形象作为残奥会吉祥物，有别于选取珍稀动物的传统思路，具有一定的创新性。

牛的形象在精神层面上与残奥会理念高度契合，因此赢得了不少赞誉。此后，评审组和专家们又经过了无数个日夜的论证和修改。

在评委会的专家和主创人员的辛苦工作下，一只可爱的小牛"诞生"了，它的名字叫"福牛乐乐"。

2006年6月30日，以牛为原型的设计方案在北京奥组委第六十八次执委会上审议并原则通过。

这一形象的创作修改工作仍继续展开。残奥会吉祥物的设计思路与北京奥运会吉祥物相同，既是中国的，也是世界的。

为了突出中国特色，最初的设计方案吸收了剪纸、年画、版画、木刻等民间美术表现形式，但设计出来的小牛民族性有余，世界性却不足。

创作修改过程凝聚着方方面面的智慧，靳尚谊、常沙娜、韩美林等著名艺术家为创作修改工作贡献了宝贵的意见：缩小鼻孔，体现美观；将尾巴末端设计成圆球，突出可爱；调整眼睛的高光点，体现眼神的坚毅与自信……

综合多方意见，吴冠英调整了设计思路，决定采用中国民间的年画、版画表现手法，结合现代卡通造型的特点，将传统民族风格、大众情趣与时代气息完美地结合起来。

版画线条和年画色彩的巧妙运用，与残奥会会徽的色彩系统相互呼应，使得小牛的整体造型亮.丽而不失含蓄；过渡色的使用更加深了视觉的层次感，卡通画元素的融入也增加了小牛的现代感。

在吴冠英厚厚的几本原稿画册中，侧面、正面、跳跃、奔跑、开心、憨厚、调皮……旁边的空白处密密麻麻地标注着修改意见。

在小牛的形象设计中，最具中国特色的要数小牛额头上的"旋儿"。吴冠英兴致勃勃地说："这是最有中国特色的东西。"

"旋儿"是中国民间动物绘画的普遍特征，是版画风格的表现方式之一，加上"旋儿"的小牛确实平添了几分聪明和俏皮。

这个"旋儿"还有着另外一层含义，它形似蒲公英，象征蒲公英在恶劣环境中不屈不挠、茁壮成长的坚毅品格。

吉祥物有了完美的形象，当然还得有一个漂亮的名字。然而，给它起名字还真费了不少周折。

北京奥组委为此邀请了很多残疾人艺术家、残疾人代表听取他们的意见，我国的童话大王郑渊洁以及广告界的精英们也纷纷献计献策。

大家一致认为，就像北京奥运会吉祥物的名字"福娃贝贝"那样，采用叠音前加定语的方式可以最大限度地降低查重率，且容易上口。

最后，大家在仔细推敲了大量候选名字的中英文发音和意义后，"福牛乐乐"及其汉语拼音"FuNiüLele"高票当选北京2008年残奥会吉祥物的中文和英文名字。

2006年8月28日，国际残奥委会审核批准了"福牛乐乐"成为北京2008年残奥会吉祥物。

国际奥委会和国际残奥委会的形象景观专家对其给予很高评价，认为它体现了奥林匹克精神和残奥会理念，具有较强亲和力，一定会被全世界人民认可和喜爱。

随着憨态可掬的小牛形象在大屏幕上显示，"福牛乐乐"正在走向世界。

残奥会火炬开始传递

2007 年 9 月 6 日，在倒计时一周年庆祝活动上，北京奥组委公布了北京 2008 年残奥运会火炬传递路线图，以及残奥会火炬传递方案。

残奥会火炬最终实施的传递路线为"时代风采线"和"中华文明线"两条路线。

"时代风采线"的传递顺序为：北京—深圳—重庆—武汉—上海—青岛—大连—天津—北京。

"中华文明线"的传递顺序为：北京—黄帝陵—西安—呼和浩特—乌鲁木齐—成都—长沙—南京—洛阳—北京。

2008 年 8 月 22 日下午，在北京奥运会主新闻中心，召开了"北京残奥会火炬接力"新闻发布会。

出席此次新闻发布会的几位重要领导和嘉宾分别是：北京奥组委执行副主席蒋效愚先生，中国残联理事长、北京奥组委执行副主席汤小泉女士，北京奥组委火炬中心的主任张明女士。会议发布北京残奥会和北京夏季奥运会一样，也会在奥运会开幕之前举行火炬传递。

新闻发布会的聚焦：一是北京残奥会火炬于 2008 年 8 月 28 日点燃，两条路线将同时进行；二是残奥会火炬传递路线有 5 个原则，以及传递城市将公布路线。

北京奥组委执行副主席蒋效愚在会上介绍了残奥会火炬接力的相关准备情况。据介绍，北京残奥会的圣火采集仪式将于 2008 年 8 月 28 日上午在北京天坛举行。

从 2008 年 8 月 29 日到 9 月 6 日，为期 9 天的北京残奥会火炬接力的传递活动将沿着"中华文明""时代风采"两条路线同时进行传递。北京残奥会火炬手计划是 850 名，残疾人火炬手占 20% 左右。

残奥会火炬接力形象景观沿用了北京奥运会火炬接力的形象景观总体的图案和造型。

不同的是，残奥会的火炬、火种灯、圣火盆、火炬手和护跑手服装都将采用"天地人"的标志，也就是采用北京残奥会火炬接力标志。

蒋效愚说：

北京残奥会火炬接力将按照"两个奥运，同样精彩"的目标要求，通过独具特色的残奥会火炬接力活动，来展示广大残疾人自强不息的精神风貌，宣传北京残奥会的理念，普及残奥运动的知识，宣传残奥会为人类的和平、友谊、进步事业所作出的重要贡献，弘扬"精神寓于运动"的残奥运动精神，同时也要促进残疾人事业在中国的发展，并且为残奥会留下标志性的文化遗产。

北京残奥会火炬接力以"超越、融合、共享"为主题，以"点燃激情，奉献关爱"为口号，总行程大约1.3万公里。

火炬手是从各传递城市、中国残疾人联合会、国际残疾人奥委会、北京奥组委、北京残奥会及各级赞助商中选拔而来的。各个选拔主体主要采取有组织的系统推荐，严格履行评审程序，来完成火炬手的选拔工作。

这些选拔出来的火炬手，有参加过往届奥运会和残奥会的一些冠军、优秀的健全人和残疾人运动员代表；也有身残志坚、自强不息、奋发向上的残疾人代表；有致力于关心、帮助残疾人，志愿为改善残疾人生活条件做出努力的社会各界代表人士；还有奥运会和残奥会志愿者代表，以及残疾人工作机构的工作人员代表。

中外火炬手计划为850名，将沿着"中华文明"和"时代风采"两条线，在中国11个省、自治区、直辖市的11个传递城市进行为期9天的传递活动。

北京残奥会的圣火采集仪式在北京天坛举行，时间为2008年8月28日上午10时30分之后。党和国家领导人及国际残奥委会的主要负责人都出席了仪式。

参照奥运会火种采集方式，残奥会圣火将使用凹面镜，利用聚光来点燃火种，这寓意着"圣火是采自太阳之火"。

天坛是中国古代祭天的场所，残奥圣火采集仪式在天坛举办，一方面契合北京残奥会会徽"天、地、人"

的理念；另一方面意味着"天人合一"的中国传统文化核心理念。

为期9天的北京残奥会火炬接力传递后，9月5日火炬在北京汇集。9月6日，在北京，火炬传递至残奥会主会场，也就是国家体育场"鸟巢"，点燃第十三届残疾人奥运会的主火炬照亮了残奥会的主会场。

残奥会奖牌式样公布

2007 年 11 月 14 日，北京奥组委在北京正式发布北京 2008 年残奥会奖牌式样。

北京奥组委文化活动部部长赵东鸣在发布仪式上说：

> 国际残奥委对残奥会奖牌的材质及其识别性、重量、尺寸、图案等都有严格规定。残奥会比赛项目冠军和亚军的奖牌质地为纯银，冠军奖牌还要镀有不少于 6 克的纯金。北京残奥会奖牌将玉嵌入其中，这一设计不仅符合国际残奥委的相关规定，其设计创意、造型也与北京 2008 年奥运会奖牌相呼应，体现了健全人与残疾人彼此平等，相互尊重，无论是奥运会奖牌，还是残奥会奖牌都具有相同的价值与无上荣誉，是"同一个世界 同一个梦想"的最好体现。

北京 2008 年残奥会奖牌正面镶玉的设计灵感来自中国古代的玉器造型，中间为北京 2008 年残奥会会徽。

玉的色泽随金、银、铜牌不同而不同，分别为：金牌镶白玉、银牌镶青白玉、铜牌镶青玉。奖牌挂钩由中国传统玉双龙蒲纹璜演变而成。

奖牌背面图案为国际残奥委会徽和运动项目名称，以及"北京2008年残奥会"的中英文和盲文。

其实，北京残奥会奖牌设计研究工作从2006年11月就已经开始。

基于北京2008年奥运会奖牌设计经验，北京2008年残奥会奖牌设计采取了定向邀请创作的方式。他们邀请了3家设计单位，分别是中央美术学院、清华大学美术学院、中国印钞造币总公司。这3家单位都是北京奥运会奖牌征集活动入围作品的设计单位。

2006年12月7日，北京奥组委召开了北京2008年残奥会奖牌设计启动说明会。截至2006年12月31日，3家设计单位共提交了21件平面作品。

2007年1月9日，北京奥组委邀请国内艺术、雕塑、造币、残奥运动等领域的专家学者，依据残奥会奖牌设计要求，召开北京2008年残奥会奖牌设计征集活动评审会，对21件作品进行了多轮评审，并组织相关单位对奖牌方案进行修改完善。

9月20日和10月11日，北京奥组委、国际残奥委分别通过了北京残奥会奖牌方案。

国际残奥委充分肯定了北京残奥会奖牌的设计，在他们发来的确认函中，对北京残奥会奖牌设计方案予以祝贺。

隆重举行残奥会开幕式

2008 年 9 月 6 日 19 时 50 分，北京残奥运会开幕式在国家体育场隆重举行。

出席当晚开幕式的党和国家领导人有：胡锦涛、江泽民、吴邦国、温家宝、贾庆林、李长春、习近平、李克强、贺国强、王刚、王岐山、回良玉、刘淇、刘云山、刘延东、李源潮、张高丽、张德江、俞正声、尉健行、李岚清、何勇、王沪宁。

国际残奥委会主席菲利普·克雷文，以及来自各国的贵宾也出席了开幕式。

北京残奥会开幕式开始前一个半小时，北京奥委会安排了丰富多彩的文艺表演节目。这些表演由文艺演出和观众互动组成，参加文艺演出的演员全部为肢残人和盲人，他们表演了自己创作的 11 个声乐、器乐节目。参加表演的演员近 300 人，来自全国 11 个省、区、市。

著名歌手刘德华携带专门为北京残奥会创作的歌曲《EVERYONE IS NO. 1（每个人都是第一）》，同残疾演员同台表演。

文艺表演由濮存昕、杨澜、周英琦、吴大维和两位手语教师共同主持。

2008 年 9 月 6 日 19 时 50 分，开幕式主持人说：

这里是中华人民共和国的首都北京，这里是北京 2008 年残奥会主办城市中国北京。今晚我们将在国家体育馆为您现场直播北京 2008 年残奥会开幕式的盛况。今晚我们将在气质独特，恢宏磅礴的"鸟巢"中，唱响"同一个世界 同一个梦想"的赞歌。

在赛场上，我们同样拼搏、拼搏书写美丽的人生。让我们把热烈的欢呼和掌声送给所有的运动员。今晚北京 2008 年残奥会的召开又一次向世界宣告，中国人民已经准备好了，让友谊与和平通过残奥会的旗帜传递到世界上每一个人的心中。

今晚的北京已经做好了准备，用热情和笑脸欢迎来自世界的四海宾朋。

19 时 56 分，现场灯光熄灭，倒计时礼花在国家体育场上空绽放，现场观众欢呼，开幕式正式开始。

主持人说：

女士们、先生们，欢迎中华人民共和国主席胡锦涛先生，国际残奥委会主席克雷文先生。

菲利普·克雷文 1950 年 7 月 4 日出生于英国，曼彻斯特大学地理学、文学学士，参加过 5 次残奥会，获得过轮椅篮球欧洲杯冠军，1998 年至 2002 年任国际轮椅篮球联合会主席，2001 年起任国际残奥会主席。

在一阵欢迎的掌声过后，主持人接着宣布：

女士们、先生们，请起立，升中华人民共和国国旗，奏中华人民共和国国歌。

在升国旗之后，主持人说：

当鲜艳的五星红旗高高飘扬，绚丽的焰火绽放出中国最灿烂的表情，这个夜晚属于腾飞的中国，这份喜悦属于美丽的北京。

随着国际残奥委会主席克雷文先生发出的一声起跑令，身着五彩服装的卡通玩偶跑入场内，他们以喜悦的方式迎接世界各国的运动员们。

他们快活地忙碌着，要用自己的方式为前来参加残奥会的各国各地区运动员铺就一条七彩的跑道。

卡通玩偶在场地中央组成残奥会会徽。

主持人宣布：

女士们、先生们，欢迎北京 2008 年残奥会运动员入场。

第一个进入场地的是几内亚运动员，接着是土耳其运动员，后面是土库曼斯坦运动员……

主持人解说道：

现在入场的是赞比亚代表团。赞比亚位于非洲中南部，因赞比亚河而得名，赞比亚的运动员将参加田径项目的比赛。

…………

主持人兴奋地说：

现在入场的是中国代表团。中国残奥代表团正向我们走来，走在队伍最前面的是中国残奥代表团的旗手20岁的中国残疾人游泳运动员王晓福，她刷新了3项世界纪录，她是云南师范大学体育学院的学生，她曾获得"五一"劳动奖章，2004年中国青年"五四"杰出贡献奖章等荣誉。

作为东道主代表团，我国代表团共派出547人参加残奥会，其中运动员332人，有68%是新选手，其中年龄最小的运动员是15岁，他们将参加全部20个大项的角逐。

本次残奥会我们的传统优势项目有田径、

游泳、乒乓球、举重等等。这些优势项目从1984年第一次参加残奥会起就有优势，一直延续到今天。

希望在这次残奥会上有更多的项目取得突破。在北京2008年残奥会上，中国代表团将在"超越、融合、共享"的主题下展示自强不息、顽强拼搏、超越自我的风貌，展示中国人民拥抱世界的热情。

北京残奥会共有147个国家和地区的4000多名运动员参加比赛，这是残奥会历史上参加国家、地区数量最多的一届。

在中国代表团走过主席台时，党和国家领导人起立向中国残奥会代表团挥手致意。

同时，"鸟巢"的观众挥舞着小旗，向中国残奥会代表团欢呼，全场沸腾起来。

此时，来自世界各地的运动员们把国家体育场变成了一个欢乐的海洋，所有运动员和观众一起共同感受残奥会带给他们的快乐与欣喜。

21时32分，主会场的上空焰火绽放，美丽异常。随后音乐响起，开始演出空间的旅行《太阳鸟》。盲人杨海涛独唱《天域》。

象征着光明和温暖的太阳鸟从"鸟巢"顶端缓缓而下，它将光荣与梦想传递给人间。

太阳鸟是代表中华文明的典型符号。这天，它是"鸟巢"的主人，在文艺表演中，向残疾人传递梦想。

寂静的体育场传来清脆的鸟鸣，一只太阳鸟从"鸟巢"顶部飞来。

同时，盲人歌手在金色草地上歌唱，歌声荡漾在主会场的上空：

> 轻轻地你抚摸着我的脸庞，
> 静静地把温暖洒在我身上，
> 虽然我看不到你的身影，
> 可是我知道你就在我的身旁。
> 轻轻地树叶在微风中歌唱，
> 静静地远处飘来阵阵花香，
> 虽然没见过你美丽的容颜，
> 可是我知道你就在我的身旁，我的身旁。
> 歌声里白云在蓝天上飘过，
> 歌声里鲜花在草丛中开放，
> 歌声里我看到了美丽的姑娘，
> 歌声里我走进广阔的天域。

从太阳鸟和盲人歌手的对话中，展开了盲人歌手"生命总是有梦的"心路历程。

蓝天白云间，巨大的飘飞着的羽翼在 160 名演员的呵护下，渐渐升起。羽翼垂下的万千银线牵着一名"旅行者"缓缓离地。

地球渐渐呈现出来，形成绚丽、灿烂的星河。盲人歌手开始"空间的旅行"。

在"空间的旅行"中，盲人歌手诉说了心中的美好愿望——在浩瀚无垠、神秘莫测的海洋、大地和天空，去寻找、去发现、去感悟生命的真谛。

在挂满星星的夜空下，一名小号手在静静地吹奏着《星星，你好》的乐曲。

300 名聋人姑娘用手语向星星倾诉自己内心的感受，50 位手语老师带领 300 名聋人姑娘开始手语舞蹈：

今夜的星星比任何时候都多，我在星光下显得格外美丽，星星，你好！

300 名聋人姑娘从场地中央舞台白玉盘 20 米处逐渐向外扩展，布满了整个白玉盘。

白玉盘是开幕式的中心舞台，呈圆盘形状，直径 72 米，高 1.47 米。白玉盘总吨位近 1000 吨，包含 360 台套驱动设备，几千个控制节，具有升降隆起和翻转变换景物的功能。

21 时 55 分，背景音乐《波莱罗舞曲》响起，"时间的旅行"之《永不停跳的舞步》表演也随之开始。

演出的主角是李月和聋人汪伊美。李月原本是一位学芭蕾的孩子，在四川地震中失去了左腿，承受着巨大的内心苦难。然而，她心中永远不灭的是芭蕾梦。

此时，所有圆圈队形中的演员配合芭蕾舞演员的舞蹈，群舞动作交替起伏，圆圈队形呈现向外扩展的趋向。

22时整，音乐《即兴幻想曲》飘然而出，"时间的旅行"之《四季》表演开始。这时，一部书卷缓缓打开。

在钢琴声中，白雪皑皑的隆冬，桃花盛开的早春，荷叶田田的盛夏，麦浪滚滚的金秋匆匆闪过……

在白玉盘上，盲人钢琴家金元辉用双手弹奏出大自然的美好景象。一位手挎篮子的老妈妈坐在一旁的椅子上，静静地体味着———一片雪原，晶莹洁白；一行脚印，伸向远方……

接着，一片桃花林逐渐覆盖皑皑雪原，绚丽的桃花悄然怒放……荷塘绿叶红莲，依次覆盖桃花林……月亮在水中倒影，金色的麦浪翻滚着覆盖了绿草黄花。

骤然，粉色的桃花、绿色的荷叶、金黄的麦浪、银色的雪地，变换着不同的方式表现出春、夏、秋、冬的多彩多姿。此时，全部书卷合上，巨大的白玉盘变为湛蓝的天空和洁白的云朵。

22时4分，"生命的旅行"之《节日》表演开始。

这是2000名可爱的小演员们表演的卡通舞蹈，通过青蛙、海鸥、牛、鸭子4种动物形象，生动地表现出宇宙生命的聚会，共同感受着美好时光。

2000名"太空机器人"布满跑道，以激越、时尚的卡通舞蹈，先后变换出青蛙、海鸥、牛和鸭子4种不同的动物形态。

随着动物形态的变化，全场观众一起模仿着叫出："呱！呱！呱""呕！呕！呕""哞！哞！哞""嘎！嘎！嘎"的声音。

22时10分，"生命的旅行"之《让我拥有你》表演开始。只见，在洒满星光的夜空里，一对男女歌手推着婴儿车，如同一个温馨的家庭，沿着生命的轨迹，共同歌唱宇宙、时间和生命的美好。

女歌手推着婴儿车与男歌手在白玉盘上一边行走，一边歌唱……

100名女舞蹈演员形成星河状，缓缓流动着走向白玉盘。

"旅行者"身后，万千条发光的银线牵引着整个地球，仿佛背负着一个行囊，满载着山川大海。

亿万颗闪烁的星星，纷纷扬扬、持续不断地从天空飘落，"旅行者"迎着瀑布般的星河腾空飞舞。

22时14分，《让我拥有你》的歌声响起，只听歌中唱道：

Thank you（谢谢你），光
让我看见了你！Thank you（谢谢你），风
让我拥抱了你！Thank you（谢谢你），雨
让我亲吻了你！Thank you（谢谢你），你
让我拥有了你！

太阳说，用灿烂的故事装满你的行囊。

大地说，蜿蜒起伏是你的舞蹈。

梦从这里起飞，梦从这里起飞。

22时15分，"生命的旅行"之《飞翔》开始表演。750名演员用750双灵巧的手，在小舞台形成的蓝色海面上，模拟飞鸟飞翔，展现出一群海燕、海鸥自由飞翔的壮丽景象。

接着主持人宣布：

女士们、先生们，欢迎北京奥组委主席刘淇先生和国际残奥委会主席菲利普·克雷文先生。

此时，北京奥组委主席刘淇陪同国际残奥委会主席菲利普·克雷文先生来到场地中心。

首先，刘淇致辞：

尊敬的胡锦涛主席，尊敬的克雷文主席，尊敬的各位来宾，女士们，先生们，朋友们：

在北京2008年残奥会隆重开幕之际，我谨代表北京奥组委，向来自世界各国家、地区的运动员、教练员和各位来宾表示热烈的欢迎！向国际残疾人奥委会，向所有参与北京残奥会筹办工作的建设者、工作者和关心支持本届残奥会的朋友们表示衷心的感谢！

北京残奥会是全世界残疾人运动员的盛会。来自147个国家、地区的4000多名残疾人运动员将在"超越、融合、共享"的主题下，参与各项竞赛，展示自强不息、顽强拼搏、热爱生活、超越自我的精神风貌，尽情享受奥林匹克运动带来的激情与梦想。

北京残奥会是全世界残疾人的盛会。残奥会不仅可以激发人们对生活的热爱，也将给人们以激励和启迪，唤起人们对残疾人更多的理解、尊重与关爱，使人道主义精神得到大力弘扬，残疾人事业得到进一步发展。北京残奥会还是全世界人民的盛会。来自五大洲的朋友们将在北京残奥会上加强交流与合作，共享团结、友谊、和平的奥林匹克精神，奏响"同一个世界，同一个梦想"的乐章，推动人类的文明进步，促进世界的和谐发展。

朋友们，中华民族崇尚自强不息的精神，具有扶残助残的美德。举办北京2008年残奥会是世界对中国的信任。中国政府和人民以极大的热情支持北京残奥会。北京奥组委本着"两个奥运，同样精彩"的要求，加强无障碍设施建设，努力为来自各个国家、地区的运动员和来宾提供特殊服务。我们热切地期盼，北京残奥会成为共享欢乐与友谊、梦想与成功的盛会。我们将把中国人民拥抱世界的热情呈现给世界。

现在，我非常荣幸地邀请国际残疾人奥委会主席菲利普·克雷文先生致辞。

国际残疾人奥委会主席菲利普·克雷文致辞说：

尊敬的胡锦涛主席及夫人，各位运动员，各位官员，尊敬的各位来宾，来自世界各地的残奥运动支持者们：

晚上好，欢迎你们！

今晚，我们在此相聚，共同庆祝北京2008年残奥会隆重开幕。本届残奥会的规模空前，无论是运动员人数、参赛国家数量还是体育项目数量，都超过往届残奥会。

这是残奥运动史上的一座里程碑。我们为此感到欢欣鼓舞，我们的心也与今年上半年接连遭受自然灾害的数百万中国人民在一起。灾难没能阻挠中国，没能阻挠北京奥组委和刘淇主席继续筹办奥运会。北京奥运会精彩绝伦，相信北京残奥会也一定会圆满成功。

我想对你们致以谢意，感谢你们的出色工作。7年以来，我们的合作一直是友善、坦诚、稳健、互敬和富有建设性的。

我还要感谢国际奥委会给予我们的支持，感谢雅克·罗格主席，感谢终身名誉主席胡安·安东尼奥·萨马兰奇先生，今晚他也与我们在一起。

毋庸置疑，今晚以及此后的 11 天当中，运动员们将是真正的英雄。残奥运动员们，你们为了来到这里，历经了无数个春秋的苦练。你们一定要淋漓尽致地发挥，一定要尊重公平竞赛的精神。谁人都无法预知，你们将如何超越最大的梦想。

你们来到这里，也是为了愉悦身心，结交朋友，将北京、青岛和香港留存为永恒的记忆。这不是关于希望，而是关于远见卓识和你们所代表的一切。无论你们在运动场上展现风采，还是在国际残奥会运动员委员会选举中坦诚意见，我们都想从中领略你们的自信与独立。此刻，我想与大家一同欣赏这座美轮美奂的体育场。"鸟巢"是一个活生生的例证，象征着中国对于建设现代化世界的承诺。

我们都可以看到，这座由钢筋、混凝土、玻璃和其他高科技材料建造而成的建筑气势恢宏。然而在今夜，当你们大家，观众们、演员们和运动员们置身于这座极富建筑美感的体育场时，它才真正被赋予了生命。而当随队官员、赛事官员、媒体、赞助商以及中国无与伦比的志愿者们也来到这里时，你们将共同创造独一无二的残奥经历。

从明日起，我们将看到一幕幕的好戏，我们将看到胜利，我们将看到失望。然而，最为重要的是，当我们相聚在一起，我们将融入那独特的力量之源，它似乎触手可及，又的确可被呼吸，它存在于残奥运动的核心，我们称之为残奥精神。它一旦占据你的心灵，你将难以割舍。它将伴随你的一生！

在北京2008年残奥会的12天当中，你将会发现，那些你本以为存在于世上的差别其实远非那么明显。你们将会看到我们共处同一个世界。谢谢！

下面，我非常荣幸地邀请中华人民共和国主席胡锦涛先生宣布北京2008年残奥会开幕。

22时32分，中华人民共和国主席胡锦涛宣布：

我宣布：北京2008年残奥会开幕。

随后，韩红、刘德华出场演唱北京残疾人奥运会主题歌《和梦一起飞》，歌声响彻了会场。

打开夜的天窗遥望那星空，

星星请你等等我，

我想亲吻你那明亮的眼睛，

我想和你一起飞翔，和你一起来飞翔。

飞过月亮的身旁衔一缕清光，

送进所有人的心房，

和梦一起飞翔，Flying with the Dream（和梦一起飞翔），飞向爱的天堂。

和梦一起飞翔，拉开晨的天幕，仰望着天空，白云请你等等我，

我想亲吻你那洁白的身影，

我想和你一起飞翔，和你一起来飞翔。

穿过太阳的光芒，捧一缕阳光温暖所有人的胸膛。

和梦一起飞翔，Flying with the Dream（和梦一起飞翔），

飞向爱的天堂，和梦一起飞翔。

22 时 39 分，主持人宣布：

女士们、先生们，欢迎国际残奥会会旗入场。

随后，执旗手护卫着残奥会会旗入场。

主持人接着宣布：

女士们、先生们、请起立。升国际残奥委
会会旗，奏国际残奥委会会歌。

国际残奥会会旗为白底，上面有国际残奥会会徽和
国际残奥会英语缩写"IPC"3 个字母组成的圆形图案。
国际残奥会会旗图案由红、蓝、绿 3 种颜色组成，表达
国际残奥会"心智、身体、精神"的理念。

国际残奥会会旗徐徐升起。

运动员代表吴春苗宣誓：

我以全体运动员的名义保证，为了体育的
光荣和团队的荣誉，以真正的体育道德精神参
加本届残奥会，尊重并遵守运动会各项比赛规
则，致力于一个没有兴奋剂和药品的运动会。

接着，裁判员郝国华代表宣誓：

我以全体裁判员和官员的名义保证：以真
正的体育道德精神，完全公正的态度执行我们
在本届残奥会上的职责，尊重并遵守运动会的
各项规则。

22 时 46 分，取自北京天坛的残奥会圣火入场。

主持人解说道：

    我们看到第一棒火炬手金晶已经和残奥圣火共同进入"鸟巢"。她被誉为"轮椅上的微笑天使"。第二棒火炬手吴云虎是一名退役军人。1988 年残奥会上，他一举获得男子 A 级 100 米蛙泳和 200 米混合泳金牌，并打破这两项世界纪录。

    而第三棒火炬手是残奥会田径金牌获得者张宏伟，2000 年他在悉尼第十一届残奥会上获得了两块金牌，并且打破了世界纪录。

    第四棒火炬手为张海东。在第十一届悉尼残奥会上他三破世界纪录，并获得冠军。在 2004 年雅典残奥会上，张海东担任中国代表团的旗手，并再次夺得一枚金牌。

    第五棒火炬手是孙长亭。

    第六棒火炬手是中国残奥史上首枚金牌获得者平亚丽，陪着她完成火炬传递的是一只可爱的导盲犬。她成为我国残疾人体育事业上的一个里程碑。

    最后一棒火炬手是侯斌。在 1996 年和 2000 年的残奥会上，他两次获得金牌，并创造了 1.92 米的残疾人跳高世界纪录。今晚的残奥圣火将在他的手中点燃。此时，侯斌拉紧绳索向上攀升。

22时56分，侯斌攀登到顶端，残奥会圣火被点燃了，残奥会圣火在"鸟巢"熊熊燃烧起来。

胡锦涛和克雷文握手，祝贺残奥会圣火成功点燃，并预祝北京残奥会取得成功。

世界媒体盛赞开幕式

2008 年 9 月 6 日晚，《法新社》以"北京残奥会开幕式气势恢宏"为题，第一时间报道了北京残奥会开幕的盛况。报道说：

> 北京残奥会开幕式震撼人心，是继北京奥运会开幕式后，中国奉献给世界的又一个经典。

文中写道：

> 周六晚上的北京残奥会开幕式流光溢彩、绚丽夺目，中国又一次为世界奉上了一台耀眼炫目的开幕式盛典。
>
> 北京残奥会开幕式在 6 日晚 8 时准时举行，炫美的焰火绽放在北京夜空，国家体育场内的观众挥舞旗帜，欢声雷动。几周前，全世界人都见证了北京奥运会精彩绝伦的开幕式，这一次，北京又站在了世界舞台的中央。

《法新社》对中国为举办一届成功的残奥会所付出的努力给予肯定，称中国筹办残奥会的认真程度不亚于奥

隆重开幕

运会，称赞北京残奥会开幕式如仙境般美丽……

法国电视一台说：

> 北京残奥会开幕式同北京奥运会开幕式一样美轮美奂。这是中国奉献给世界的"最美的礼物"。残疾人火炬手侯斌双手攀爬绳索、升空点燃火炬的一幕更是感人至深。

随后，据新华网约翰内斯堡 9 月 6 日电说，南非体育电视台 6 日全程直播了北京 2008 年残奥会的开幕式，并高度评价开幕式非常"壮观"和"精美"。

报道说：

> 本届残奥会是规模最大的残奥会。参加开幕式的志愿者和表演人员经过长期的排练，向观众献上了一场精彩的演出。

> 中国作为残奥会的举办国，努力为来自世界多个国家和地区的残疾人运动员营造一种"回家"的氛围，表达"同一个世界 同一个梦想"的美好愿望。

与此同时，韩国 YTN 电视台在报道北京残奥会开幕式时说：

在北京奥运会落幕之后，北京残奥会华丽的开幕式再次感动世界。

本次残奥会有来自 140 多个国家和地区的 4000 多名运动员参加，是历史上规模最大的一次。残奥会开幕式是全人类跨越障碍、实现平等的体育庆典。

在曾经洋溢着奥运热情的北京，现在到处可见残奥会的标志，还有为残奥会设立的专用车道，一切准备工作已经就绪。在经过 4 年的等待之后，残疾人运动员将不断挑战自我，战胜自我，感动世人。

参加北京 2008 年残奥会的韩国代表团总人数为 132 人，其中运动员 78 人，这些运动员将参加 13 个大项的比赛。韩国总理韩升洙出席了北京残奥会开幕式。

同样，埃及电视台在 6 日也报道了北京残奥会开幕式，并盛赞开幕式精彩纷呈，充满浓郁的艺术气息。尼罗河体育台评论员对开幕式大加赞赏，他说：

精彩程度丝毫不亚于北京奥运会，一些节目的编排更是超乎人们的想象，艺术章节寓意深刻，它告诉人们：只要有坚强的意志，梦想就有可能实现。

该台评论员还向中国人民表示问候，对此次盛事的组织者表示赞赏，认为他们为世界人民演奏了一曲美妙的交响乐，开幕式体现了中华民族古老的文明及其千百年来的精神内涵。

同一时间，在残奥会隆重开幕时，美国几大电视台和报纸等主流媒体都对开幕式进行了报道。

全国广播公司、美国广播公司、有线电视新闻国际公司，以及娱乐和体育电视台，虽然没有现场直播开幕式，但都在网站上统一采用《美联社》的稿件对开幕式作了文字报道。

《美联社》文章说：

> 北京残奥会为全世界残疾人运动员提供了一个与北京奥运会相同的表现舞台。在介绍参赛运动员之前，身着五彩服装的数千名啦啦队队员和演员在中国国家体育场进行了表演。中国领导人和外国政要观看了开幕式，观众不断为表演者和运动员欢呼，不停地挥舞着手中的旗帜。

美国中文报纸《侨报》在网站上第一时间滚动转载了中国各主流媒体对开幕式的报道，并用奥运会官方网站的消息《侯斌点燃主火炬，残奥完美开幕》为大标题对开幕式进行了详细报道。

9月7日，新加坡媒体对6日晚举行的北京2008年残奥会开幕式盛况也都作出报道，认为北京残奥会开幕式与北京奥运会开幕式同样绚丽夺目，感人至深。

新加坡《海峡时报》在报道中说：

> 历史上规模最大的残奥会昨晚在中国首都拉开帷幕，华美程度丝毫不逊于北京奥运会开幕式，并且以更多样的方式深深打动人心。
>
> 北京奥运会开幕式用梦幻般的大型表演使观众为之倾倒，而北京残奥会开幕式是所有残疾运动员和残障表演者自身的光彩，打动了观众……失去左腿的残奥会田径金牌获得者侯斌坐着轮椅顽强地拉紧绳索攀升到主火炬台下，悬空点燃主火炬的情景令人感动得潸然泪下……北京残奥会为中国提供了一个机会，向世人展示它更加柔性和人性的一面。

9月7日，综合新华社驻外记者报道说：

> 法国、匈牙利、巴西、尼加拉瓜、埃及、新加坡、马来西亚、阿富汗、日本和美国等国媒体称赞6日晚在中国国家体育场举行的北京残奥会开幕式与北京奥运会开幕式同样精彩，

残疾人演员的表演令世界感动。

匈牙利通讯社说：

> 4个月前四川大地震中失去左腿的小女孩李月，坐在轮椅上参加芭蕾表演，全场9万名观众起立为她鼓掌。

巴西通讯社以"歌颂生命"为题报道北京残奥会开幕式，认为以"天、地、人"为主题的开幕式强调了生命的价值。

巴西体育电视台对北京残奥会开幕式进行全程直播，主持人在直播过程中多次使用"让人感动"的评语。

巴西门户网站认为，残奥会开幕式"充满让人感动的氛围，中国再次展现给世界一个别出心裁的盛会，除了灯光和舞蹈外，残疾人运动员和表演艺术家征服了观众"。

尼加拉瓜《新日报》刊文说：

> 北京奥运会帷幕刚刚落下，北京残奥会的圣火又重新点燃了人们的激情。北京残奥会开幕式气氛欢快，绚丽的焰火表演令人难忘。那些身穿白衣、翩翩起舞的聋人姑娘，她们优美的舞姿和坚强不屈的精神打动了在场所有运动员和观众的心。

马来西亚《星洲日报》说：

中国向世界承诺"两个奥运，同样精彩"，每个来观看残奥会开幕式的人都与观看奥运会开幕式一样激动。

9月8日，希腊残奥委主席斯皮罗斯接受新华社记者专访时说：

开幕式非常精彩！很有震撼力。开幕式和我们所期待的一样，充分表现了中国多样的文化和悠久的历史。和雅典相比的话，打个比方吧，我很难比较出两个美丽的姑娘，是金发的漂亮些还是棕发的漂亮些。但是我能够看出北京残奥会将和雅典残奥会一样，给社会带来深远的影响。

残奥会的举办毫无疑问将改善残疾人的生活，让他们更加融入社会，社会也更加认可和接受他们。成功举办残奥会不仅仅是赛事本身的成功，也是对社会影响和改善的成功。

如此说来，我可以回答你的问题，要比较哪个姑娘更漂亮些，我认为，能够养育出更优秀孩子的姑娘最漂亮。

二、 顽强拼搏

● 在中国选手中，游泳运动员杜剑平获得了 4 金 1 银 1 铜，成为中国的"夺金王"。

● 盲人姑娘站在领奖台上，把金牌从脖子上摘下来，摸索着将它戴在了身边的领跑员李佳雨的脖子上。

● 在经过前三棒的顺利交接后，第四棒李岩松接过棒时中国队已遥遥领先，最终李岩松率先冲过终点，以 42 秒 75 的成绩夺得金牌，并打破昨天刚刚创造的世界纪录。

杜剑平险胜对手夺首金

2008 年 9 月 7 日，在北京"水立方"，2008 年残疾人奥运会男子 100 米自由泳—S3 级决赛正在激烈进行。

中国选手杜剑平参加了这项比赛，只见他右臂在泳池中划开一条漂亮的水线，如箭鱼般向前飞驰。

在最后时刻，杜剑平用尽全力向前游去，最后险胜乌克兰选手，以 1 分 35 秒 21 打破世界纪录，赢得了中国代表团在北京残奥会上的首枚金牌。

早在雅典残奥会上，杜剑平在这个项目上只获得了银牌，这一直让他耿耿于怀。

他说："我一直憋着一股劲儿，要在北京拿金牌，今天算是实现了梦想吧！"

后来，杜剑平回忆比赛过程时说："好悬啊，我后半程呛到了水，速度慢了下来，眼看乌克兰选手追上来了，开始很紧张，后来放开了，就是拼死往前游。"

夺得金牌，杜剑平最感谢的人就是他的妈妈。

1985 年，杜剑平刚出生 5 个月时就患了脑炎，导致全身瘫痪。医生劝他的妈妈再生一个算了，但杜剑平妈妈余珍妹坚决不放弃，举债 10 多万元，抱着杜剑平四处求医。

在母亲的精心照顾下，杜剑平在 7 岁的一天，突然扶着墙站了起来……母亲喜极而泣。

杜剑平说："我很喜欢游泳，感觉一到水里自己的四肢就灵活多了，有时候一泡就是四五个小时。"

通过游泳，杜剑平的四肢变得比从前有力了。

看到这个可喜的变化，余珍妹不再反对儿子游泳，反而成了他的教练。

1999年，浙江省金华市举行首届残运会，偶然参赛的杜剑平获得了游泳比赛的第五名，被金华市体校教练陈雄丰看中，开始正规的游泳训练。

凭着过人的毅力和天赋，杜剑平在水塘里练出的"狗刨式"变成了陈教练精心设计的"剑平式"游泳方式。此后，杜剑平在雅典残奥会独得3金3银，震惊了世界。

雅典归来后，杜剑平就投入北京残奥会的备战中。训练最艰苦的时候，杜剑平每天都要游4个小时，距离近万米。

杜剑平的右臂上大大小小的伤疤非常醒目。

他说："训练时，我经常会被套在手臂上的皮筋划伤，伤口还没有愈合就要下水泡，这么反反复复的，就结了疤。"

杜剑平参加了3个项目的比赛，他对自己的要求是："不考虑结果，重要的是把握好过程。"

在中国选手中，游泳运动员杜剑平获得了4金1银1铜，在总成绩榜上位列第六，成为中国的"夺金王"。

杜剑平的金牌都是来自美丽的"水立方"，他在男子100米自由泳－S3级、男子50米仰泳－S3级、男子450米自由泳接力和男子450米混合泳接力中，夺得了4枚宝贵的金牌。

此外，他还在男子50米自由泳－S级中获得银牌、在男子200米自由泳－S3级中获得铜牌。

杜剑平在2008年北京残疾人奥运会上取得了骄人的成果。

姚娟三破女子标枪纪录

2008年9月8日上午，在国家体育场"鸟巢"，北京残奥会女子标枪F42－46决赛开始。

姚娟在决赛中6次试投、5次有成绩、3次打破世界纪录，最终以40.51米夺得冠军。

根据残奥会的标枪规则，运动员因为不同的伤残情况而被分成不同的级别，因此姚娟并不是投得最远就能获得金牌。

但是，在这样的情况下，姚娟依旧表现出了无人能敌的实力。

第一投，她投了40.29米；第三投，她投了40.30米；第四投，她投了40.51米。

这三次投掷，姚娟都打破了世界纪录，以三破世界纪录的成绩一直处于领先地位，并最终取得北京残奥会田径首冠。

由于实在太过兴奋，姚娟在最后一枪投出后就跪倒在地，兴奋的心情溢于言表。

她在用行动告诉大家，尽管是残奥会，但她圆了所有中国人的"鸟巢""金牌梦"。

"姚娟！姚娟！姚娟！""鸟巢"上空激荡着6万人振奋的吼声，这个年轻的姑娘披着五星红旗在"鸟巢"里

顽强拼搏

小跑了一圈，接受观众雷鸣般的欢呼。尽管她走起路来一跛一跛的，但此刻，她享受着英雄般的礼遇。

这个夏天，"鸟巢"的残奥会田径赛场上第一次响起《义勇军进行曲》。

参加这项比赛的中国的另外两名参赛选手郑宝珠和钟永渊，分别排名第四和第八。

获得第二名和第三名的分别是德国选手欧安德烈娅·黑根和澳大利亚选手玛德琳·霍根。

姚娟夺取的这枚金牌是本届残奥会田径项目的首金，这次夺金从过程到最终的结果意义都非同一般。

姚娟于 1983 年 7 月 18 日出生在安徽，幼时因小儿麻痹症导致肢体残疾。但在此后的 20 年里，她始终以积极的态度面对生活。她是南京师范大学体育教育专业的大三学生，其运动成绩相当辉煌，多次获得各类残疾人运动会的金牌。

在 2000 年悉尼残奥会时，她就曾经摘得同一项目女子标枪 F42 – 46 的金牌，并打破世界纪录。

姚娟将梦想放在了自己祖国举办的北京残奥会上，现在，她终于梦想成真！

林海燕获女子射击冠军

2008 年 9 月 8 日下午，在北京射击馆举行了 2008 年残疾人奥运会 P2 级女子 10 米气手枪 SH1 射击决赛。

参加这一项目比赛的运动员林海燕告诉记者，残奥会之前她就得了痔疮，出血严重，而比赛在即，使用药物治疗可能会有兴奋剂。因此，她只有两种选择，退赛或者想办法克服病痛。最终，她选择了坚持。

尽管身体不适、不在状态，但是凭借毅力，林海燕在资格赛中还是打出了 374 环的成绩。她和韩国运动员文爱卿并列排在资格赛首位，晋级决赛。

在北京残奥会 10 米女子气手枪 SH1 级决赛中，林海燕以 4.5 环的优势，以总成绩 467.7 环夺得了这枚宝贵的金牌。林海燕 10 发子弹最高打出 10.3 环，最低 8.3 环。

而在资格赛中与林海燕打成平手的韩国选手表现得并不好，接连失误，最终失掉了夺金的可能。

在最后一枪结束后，林海燕回头看到看台上教练和领队手举国旗向她挥舞，她高举起双手向大家致意，表情极为沉静，显现出老将的风度。

这枚金牌对林海燕来说是实至名归。因为，她曾获得两届远南运动会冠军，多次打破世界纪录，夺得国际大赛金牌。8 年前在悉尼残奥会上，赛前仅训练了 1 个多月便拿到了银牌。

林海燕说:"以我的实力,破纪录是没有问题的,但是我的状态太差了,没有发挥好。"

为中国射击队夺得北京残奥会第一枚金牌后,林海燕在接受记者采访时说:"我的性格是女孩子喜欢的东西我喜欢,男孩子喜欢的东西我也喜欢,当时就是觉得打枪很好玩,是抱着玩儿的心态去练的。"

"在射击队,我并不是一个刻苦训练的运动员,比较'淘气',不听话。"林海燕这样评价自己。

林海燕在两岁时就因小儿麻痹致使腿部残疾,长大后来成为北京一家化妆品公司的员工。1991年,在同事的介绍下,她被选拔进了北京射击队。1992年3月,在全国残疾人运动会上,训练只有几个月时间的林海燕便取得了第三名。

由于工作的关系,林海燕训练的时间有限,但是她的比赛成绩始终很好。

在射击训练上,她也有自己的诀窍:"训练不能看时间的长短,而是要看训练的效果。射击是项综合运动,要想提高成绩,不能光靠射击场上的单项训练。"

林海燕凭借着这样的诀窍,一步一步走向了残疾人奥运会的冠军奖台。

吴春苗获百米短跑第一

2008 年 9 月 9 日上午，在国家体育场，北京残奥会田径比赛展开了第二个比赛日的争夺，进行的是女子 100 米 T11 级决赛。

早在雅典奥运会夺得 100 米银牌后，吴春苗就说："站在领奖台上听到的却是别的国家的国歌！"她很不甘心，憋着劲儿想在北京残奥会取得好成绩。

在北京残奥会开幕式上，吴春苗获得代表全体参赛运动员宣誓的机会，这给她带来了巨大鼓舞。

她决心一定要在女子 100 米 T11 级决赛中取得最好的成绩。

女子 100 米 T11 级决赛分成 A、B 两组进行，半决赛成绩最好的 4 名选手分在 A 组，另外 4 名选手分在 B 组。中国选手吴春苗在 A 组第五道。虽然在同一组的有世界纪录保持者巴西选手特雷齐尼娅·吉列尔米纳和残奥会纪录保持者巴西选手阿德里娅·桑托斯，但是吴春苗并不畏惧。

她起跑时落在后面，但凭借自己的实力，赶超至首位，最终以 12 秒 31 获得金牌，并打破世界纪录。

世界纪录保持者巴西选手特雷齐尼娅·吉列尔米纳，虽然她一直处在领先位置，但最后被反超，以 12 秒 40 获得银牌。

同组第一道的残奥会纪录保持者巴西选手阿德里娅·桑托斯发挥不好，只跑出了 13 秒 07 的成绩，无缘奖牌，但这个成绩也是她个人赛季最好成绩。

在之前进行的 B 组比赛中，第一道的巴西选手热鲁莎·桑托斯发挥得比较好，跑出了 12 秒 99 的个人最好成绩，在两组中排名第三，获得了铜牌。

在以 12 秒 31 打破残奥会纪录，夺得女子 T11 级 100 米冠军后，吴春苗站在领奖台上，把金牌从脖子上摘下来，摸索着将它戴在了身边的领跑员李佳雨的脖子上。吴春苗说这是他们两个人的荣誉。

吴春苗说："领跑员对我们盲人运动员来说特别重要。"为了金牌，他们曾一起进行了上千次的起跑。

这是因为，在比赛中，两人的手用一截绳子牵在一起，并肩向前跑。领跑员就是盲人运动员的"眼睛"。李佳雨要为她看跑道、提醒她不要跑到别人跑道上去；要随时提醒她在弯道的时候往里切；提醒她跑了多少，还剩多少米。

23 岁的吴春苗出生在山东省一个农家里，在她 10 岁时，突然患上青光眼，视力逐渐减退直至失明。突如其来的疾病一度让吴春苗非常消沉。

后来，她开始练短跑，为此吃了很多苦，由于看不到东西，她在训练中摔倒了无数次。

她说："脸上缝过 20 多针，都是训练留下的纪念。"

有一次，她去青岛参加比赛时意外摔倒，结果下颌缝了 11 针。由于担心打麻药影响恢复，医生只对伤口消毒就开始了手术。缝了几针后，她疼得失去了知觉。

　　付出无数努力和艰辛的吴春苗，在赛场上也相应地获得了很多荣誉。

　　她说："我只想向人们证明，只要心中有梦想，残疾人照样可以活得很精彩，可以获得成功，人生路上处处都有给自己的奖牌。"

顽强拼搏

吴晴铁饼标枪双夺冠

2008 年 9 月 9 日上午，北京残奥会女子铁饼 F35 – 36 级决赛在国家体育场"鸟巢"举行。北京残奥会田径比赛展开第二个比赛日的争夺。

F36 级中国选手吴晴当天状态非常好，在第 10 位出场。

前三投她分别投出了 23.29 米、24.27 米和 24.11 米的成绩。后三投，她越投越勇，第四投她投出了 24.61 米；第五投和第六投的成绩更好，都超过了 25 米，分别是 25.14 米和 25.80 米。最终，她以最后一投的成绩 25.80 米夺得金牌，并打破了该级别的残奥会纪录。

另一名中国选手 F35 级的白旭红，虽然也越投越好，但总体发挥一般，六投的成绩分别是 20.56 米、21.27 米、21.80 米、22.32 米、22.68 米和 23.42 米，最终她凭借最后一投名列第五。

澳大利亚选手 F36 级的普劳德富特当天的表现起伏不定，六投分别投出 20.01 米、20.46 米、18.67 米、19.78 米、23.91 米和 20.82 米，最终她以第五投的成绩获得银牌，并创造了个人赛季最好成绩。

铜牌被 F36 级的乌克兰选手马尔奇克获得。她的发挥相对稳定，除去第四投失败外，其他五投的成绩分别是 19. 17 米、21. 88 米、20. 09 米、21. 06 米和 22. 15 米，最终她凭借最后一投获得铜牌。

获得第四名的波兰选手 F35 级的雷娜塔·希莱夫斯卡，以第二投的 23. 81 米也打破了该级别的残奥会纪录。

9 月 10 日，在国家体育场"鸟巢"进行的是女子标枪 F35 - 38 级别的比赛。2008 年北京残奥会田径比赛展开第三个比赛日的争夺。

当天中国选手吴晴参加的是 F36 级，第一次试投的成绩不是很理想，只投出了 21. 72 米。之后的四次试投她分别投出了 28. 59 米、27. 99 米、25. 80 米和 28. 82 米，最后一投她投出了 28. 84 米的成绩。

根据比赛规则，选手的最后比赛得分将由比赛成绩乘以伤残的级别得到一个系数，根据最后总得分决定名次。最终，她以最后一投 28. 84 米的成绩获得 1662 分，夺得冠军，并且打破了这个项目的世界纪录。

顽强拼搏

肖翠娟为女子举重摘金

2008 年 9 月 9 日，在体育馆举行了北京残奥会女子 44 公斤级的举重比赛。

参加当天女子 44 公斤级的争夺战的中国运动员，是上届雅典残奥会铜牌、2006 年世锦赛金牌获得者肖翠娟，她在这个级别的选手中实力不俗。

赛前，中国残奥举重队主教练李伟朴便评价说："实力在其他选手之上，只要正常发挥，夺取金牌没有太大悬念。"

肖翠娟当天的表现也印证了主教练李伟朴的话。

第一次试举，肖翠娟便成功举起了 95 公斤。

第二次试举，她又成功举起 100 公斤的重量。她的这个成绩已远远超过排在第二的波兰选手尤斯蒂娜·科兹德雷克的 92.5 公斤。

最终，肖翠娟以 100 公斤获得该级别的金牌，波兰选手尤斯蒂娜·科兹德雷克获得银牌，埃及的扎伊纳布·赛义德·奥泰菲获得铜牌。

另外，中国队当天参赛的另一个选手崔哲，在女子 40 公斤级比赛中为中国队获得一枚银牌。这个重量也是她在大赛中取得的最好成绩。

赛后，崔哲评价自己的比赛表现说："由于自己体重比较轻，所以想一步一步稳扎稳打，而且也想把每一次试举都做到完美。我对自己今天的表现很满意。"

在这个级别的较量中，上届残奥会冠军、乌克兰的利季娅·索洛维约娃轻松获得金牌，并以 105.5 公斤的成绩打破了该级别的世界纪录。墨西哥的劳拉·塞雷罗获得铜牌。

在女子 40 公斤级比赛中，还有一名选手值得一提，那就是中国香港的林艳红。

尽管林艳红只以 62.5 公斤的成绩名列最后一名。但赛后林艳红还是激动地流下了泪水。因为这个成绩已经创造了中国香港选手的最好成绩。

袁艳萍勇夺柔道冠军

2008 年 9 月 9 日晚上，北京残奥会盲人柔道女子 70 公斤以上级的比赛在工人体育馆举行。

中国选手袁艳萍在淘汰赛中，先以一本战胜了季军卡利亚诺娃；之后，在 A 组决赛中又以一本战胜了另一个季军布阿祖格，进入决赛。

在盲人柔道女子 70 公斤以上级的决赛中，袁艳萍用时 1 分 10 秒，以一本的成绩战胜了巴西选手德安娜·席尔瓦，夺得金牌。

这是中国代表团在本届残奥会中获得的第十六块金牌。赛后，冠军袁艳萍在接受采访时说："在过去的 9 个月中，尽管训练越来越艰难，但是我一直坚持，在比赛开始前，我知道自己付出了多少努力，会觉得成绩已经不重要了。能够获得成功是因为我的教练很严厉，他激发了我的潜能。"

袁艳萍 1976 年出生于一个普通的工人家庭，是辽宁省大连市人，后来到了北京。由于家族遗传，她的视力很低。袁艳萍比别的孩子长得高而且壮，因此，袁艳萍经学校老师推荐，进入大连市业余体校从事柔道训练，后来被选进国家柔道集训队。

袁艳萍在前往越南参加第二届柔道邀请赛时，取得

了她人生中的第一个国际比赛冠军。

备战亚运会期间，袁艳萍不慎受伤，左踝关节内侧韧带撕裂，左腓骨粉碎性骨折。

教练劝她静养，但袁艳萍不听，手术后说什么也要继续训练。

由于当时还没有完全康复，她的左腓骨处出现了约两厘米的一个缺口，剧烈的疼痛常使袁艳萍无法入睡，甚至有段时间她都无法正常走路。

后来，袁艳萍不得不做了第二次手术，直到这次参赛，袁艳萍的体内仍保留着用来固定的一块钢板和6颗螺丝钉。可即便是在手术期间，她依然没有放弃训练。

2003年，袁艳萍接到国家发给她的有关"退役运动员免试进入北京第二外国语学院英语系英语专业（本科）"学习的通知。

袁艳萍非常珍惜这次来之不易的学习机会，从此她奔波于比赛和学习之间。

由于袁艳萍此前基础比较差，学习起来很吃力，而且最大的困难还是低视力。

2004年底，袁艳萍的视力直线下降，已经到了几乎什么也看不到的地步。袁艳萍要想读书学习，只能靠类似于放大镜的一种阅读器具，一次只能从屏幕上看见两三个字，要看完一篇文章就要不断地移动阅读器，很多时候都会漏行。

可越是困难，她就越是跟自己较劲儿，她说："学习就是一种比赛，以前只要把对手打败就是胜利，现在要战胜的是自己，我一定不能输！"

靠着这种顽强的意志，袁艳萍在每个学期的综合测评中都名列前茅，每个学期都获得了奖学金，还顺利地通过了国家英语四级考试，这不能不说是一个奇迹！

视力下降的袁艳萍不能再回到柔道队训练了。后来，她在翻阅体育专业知识的书籍时，偶尔发现自己的视力达到了盲人柔道比赛的分级标准。她高兴极了，她知道自己又可以重返赛场了。

2005 年，她被朝阳区残联推荐到国家盲人柔道队进行恢复性训练。经过一年的艰苦训练，袁艳萍于 2006 年7 月在法国布鲁梅特举行的世界盲人柔道锦标赛上，以绝对的优势夺取了女子 78 公斤以上级金牌。

随后，袁艳萍在 2006 年第九届远南运动会上夺取了女子 70 公斤以上级冠军。

任桂香获乒乓球女单冠军

2008 年 9 月 10 日，在北京大学体育馆举行了北京残奥会乒乓球女子单打 F5 级的比赛。

中国的两位选手任桂香和顾改在决赛中会师，任桂香在第二局和第三局都是大比分落后的情况下奋勇赶超，把比分一点儿一点儿追了上去。

可以说，在比赛中，任桂香打得非常辛苦。靠着一股韧劲儿，她才坚持下来。最终，任桂香以 3 比 0 战胜顾改获得乒乓球女子单打 F5 级的金牌，顾改获得银牌。

赛后，任桂香认为自己胜在主动，细节把握得好，头脑比较冷静，没有着急。此时的任桂香喜极而泣，她表示"这 4 年太不容易了"！

任桂香 1981 年出生，患有小儿麻痹症，曾在 2000 年悉尼残奥会和 2004 年雅典残奥会上获得 3 枚金牌。

轮椅上的她打起球来很有气势，接发球又快又准。与常见的站姿不同，作为轮椅乒乓球运动员，身体不能灵活转动，任桂香一只手在打球的同时，另一只手要不断推轮椅来调度场面。这样的姿势已保持了十几年了。

凭着多年的付出，从 1994 年开始打轮椅乒乓球至今，27 岁的任桂香一共拿到了 36 个冠军。打败任桂香竟成为很多轮椅运动员的一个梦想。

然而接下来，谁能料到，备战北京残奥会的这 4 年中，任桂香走的路却格外艰难，旧病新伤的折磨一起袭来，使她的健康状况急剧下降。

任桂香觉得自己快坚持不下去的时候，同在一个队里的丈夫张岩给了妻子任桂香极大的支持和鼓励。

在国家队，经常看到这样的场面，这对轮椅上的夫妻在一起对打，不知是丈夫陪着妻子，还是妻子陪着丈夫，但毫无疑问，他们训练的时间是最长的。

在不断的碰撞中，两人技艺在进步。平时喜欢防守的任桂香，如今进攻技术大有提高。张岩则钻研出了一种可牵制对方接球的网高球的打法。

任桂香夺冠后，张岩在看台上流下了激动的泪水，而任桂香也喜极而泣。

任桂香在接受记者采访时表示，最近自己的状态不是太好，发挥得也不好。

在接下来的乒乓球女子团体 F4 – 5 级决赛中，任桂香和队友合作，再为中国残疾人体育代表团获得一枚金牌。

吴国境获男子举重第一

2008 年 9 月 10 日，北京残奥会男子举重 52 公斤级决赛在国家体育馆举行。

参加这一比赛项目的吴国境曾在上届雅典残奥会上夺得过银牌，这一次他对金牌志在必得。

此前，吴国境就表示："上届残奥会我和获得冠军的埃及运动员的成绩差了 5 公斤，只得了银牌，这次北京残奥会，我的目标当然是夺金，请大家为我加油！为中国加油！"

在备战期间，吴国境为了控制体重备战残奥会，近半个月来在紧张训练的同时，每天只能喝大约 100 毫升水，以及吃一些巧克力。

第一次试举开始了，吴国境要了 170.0 公斤的全场最高重量，并且一举成功，而其他选手最多才在第三次试举中举起 167.5 公斤。第一次试举他就甩开了其他对手。

男子举重 52 公斤级比赛完全成了吴国境个人的表演舞台。他二次试举顺利举起 175.5 公斤，虽然第三把没能举起 180 公斤，但他的表演也算得上是完美无缺。

最终，在男子举重 52 公斤级比赛中，46 岁的吴国境夺得了金牌。

赛后，吴国境非常兴奋，他说："这块金牌有特殊意义。我虽然年龄比较大，但各方面的保障和教练的周密安排把年龄的因素降到了最低。"

吴国境在 11 个月大时，因小儿麻痹症导致双腿严重残疾。

参加工作后，他开始利用业余时间到上海市残疾人体训中心参加体育训练。

吴国境最初是坐式排球运动员，曾获得过远南运动会第二名。15 年前，因为准备参加掰手腕比赛，他才渐渐喜欢上了举重运动。

一开始，吴国境只能举起 70 公斤。憋着一鼓劲儿，他每天早来晚走，重量逐月加码。如今，他一天练下来举的重量足有 2 万公斤。一天下来，脱下的衣服常常能拧出半桶水。

读小学 3 年级的女儿曾经画了一张吴国境举重的画作为"贺礼"送给他，画的一旁写着"欢迎英雄爸爸凯旋"。

正是这种不断进取的力量，促使吴国境在残奥会上取得了金牌。

何军权勇夺四枚奖牌

2008 年 9 月 11 日，在北京"水立方"，北京残奥会男子 450 米自由泳接力的决赛拉开了序幕。

在此之前，9 月 8 日，男子 50 米仰泳 S5 级决赛时，已经年过 30 岁的何军权一如既往地在泳池中奋勇向前，比赛的竞争也进入了白热化。

离终点还有最后 1 米，何军权猛地一挺身，头部借力重重地撞向池壁，这是被其无数次使用的铁头功。然而这一次却没能奏效，最终何军权以 0.15 秒的微弱劣势屈居亚军，遗憾地与金牌擦肩而过。

两天后，承载着国人众多希望的何军权再度出现在了"水立方"，征战男子 50 米蝶泳 S5 级决赛。

然而，由于年龄和身体的原因，他仅仅收获了 1 枚铜牌。对此，何军权并没有沮丧，在之后的男子 200 米个人混合泳中，他再次收获 1 枚银牌。

9 月 11 日，先前已经连续三度冲金失败的中国名将何军权，在局势不利的情况下，凭借着超人的毅力帮助中国队在最关键的时刻争取到优势，最终和队友携手以 2 分 18 秒 15 打破世界纪录，勇夺金牌。

这面宝贵的金牌也让"无臂飞鱼"何军权在几经沉浮之后，终于梦圆"水立方"。

出生于 1978 年的何军权在 3 岁时，一次误触高压线让他失去了双臂。失去了双臂的打击并没有让何军权就此沉沦下去，顽强的他不但迅速学会了用脚写字、吃饭、穿衣，而且在 17 岁时顺利入选省残疾人游泳队。

没有了双臂的何军权，在泳池中所需要付出的远比正常人和其他残疾人运动员要多得多，他只能依靠双腿和腰部力量在水中前进，而且冲线时也需要比别人多费一臂的距离。

但是，身体上的残缺并不能阻止何军权实现梦想，每天他都要用盛满水的脸盆来练换气，在条件简陋的泳池中反复练习着同一个动作。

2000 年 6 月，何军权接到了入选国家队的通知，终于用勤奋为自己迎来了希望。

由于缺少了双臂往往在同级别的比赛中吃亏，但是顽强的何军权始终不曾放弃。

为了备战残奥会，在封闭训练期间，他每天要游将近 1 万米的距离，无数次地用头撞击着池壁，以至于他的头部经常被撞得青一块、紫一块，头上的血痂也从来没有消失过。

终于，在悉尼残奥会上，何军权收获了自己职业生涯的首个奥运会金牌。

不过，常年在水中进行训练比赛让 26 岁的何军权身体亮起了红灯，关节炎、呼吸道和胃部的疾病始终折磨着这位奥运冠军。

但是他却从未有过放弃的念头，正是靠这种顽强拼搏的自强精神以及为国争光的坚定信念，何军权早在雅典时，就掀起了夺金狂潮，一举摘得 50 米仰泳、50 米蝶泳、200 米混合泳和 450 米自由泳接力共 4 枚金牌，并且三度打破了世界纪录。

15 日，在"水立方"，男子 50 米自由泳 S5 级决赛又开始了。最终，这位 30 岁的老将以第五名结束了自己的北京残奥会之旅。

五项比赛，何军权最终收获了 1 金 2 银 1 铜，对于这位伤病缠身的老将来说，已经是份完美的奥运答卷了。

中国队获首枚赛艇金牌

2008 年 9 月 11 日，北京残奥会赛艇决赛在青岛举行。

当天的赛艇比赛是最后一个竞赛日，将会产生赛艇项目竞赛的全部 4 枚金牌。

比赛异常激烈，中国队与澳大利亚老牌劲旅和世锦赛冠军巴西队差距很小，在冲刺阶段，几支赛艇几乎并驾齐驱，最终，单子龙和周杨静仅以微弱的优势先行划过终点。

在首次被列入残奥会比赛项目的赛艇比赛中，中国组合周杨静和单子龙以 4 分 20 秒 69 的成绩，夺得 TA 级男女混合双人双桨固定座位金牌。这是中国代表团在残奥会历史上的首枚赛艇金牌。

由于赛艇比赛是残奥会历史上第一次加入的竞赛项目，中国运动员取得的这一成绩将会被永远地写入残奥会历史，这是中国运动员在本届残奥会上取得的又一个令人骄傲的成绩。

单子龙和周杨静非常激动，单子龙说："我从小在电视上看到奥运冠军披着国旗，五星红旗冉冉升起，但我从来不相信这一幕会发生在我自己身上……"

"今天看着国旗升起、奏响国歌的那一刻，我流下了激动的泪水。"周杨静的眼睛泛着泪花，一副极为幸福的表情。"划过终点的时候，我都不确定自己是第几，当我们听到观众的欢呼声时，才感觉可能是拿了第一。"回想经过终点的那一瞬间，周杨静笑了。

周杨静有着黝黑的皮肤、高高的身材、结实的肌肉，这个"运动型"女孩是大专毕业，在广州一家公司做白领。

因为车祸，周杨静在很小的时候便失去了右腿，然而，热爱体育运动的周杨静一直坚持体育锻炼。

而单子龙身高 1.82 米，身材健硕，白色运动帽遮住了他的头发，25 岁的他很在意自己的发型，因为他曾是一名理发师。

他说："当理发师是为自己找条出路，但与理想无关。"

单子龙在 6 岁时，一场意外让他的双腿被严重烧伤、腿脚变形。

为了谋生，单子龙在家乡开了一家理发店，但他始终怀抱着一个做运动员的梦想。

在 2006 年，当他得知自己入选国家赛艇队后，不顾家人反对，当天晚上就把理发店关了，收拾好行囊，踏上了前往广东省船艇训练基地的路途。

单子龙和周杨静接触这一项目，训练的时间还不到两年。

开始赛艇训练后，他们才明白这条路是多么艰苦。

经过一年多的基础训练后，单子龙和周杨静成了男女双人双桨艇搭档，不过磨合的过程却非常艰难。

"我们经常吵架，因为两个人都比较倔，都各持己见，因此常常闹矛盾。"周杨静笑着说。

但在争执之后，他们往往总是能找到解决问题的最好办法。

单子龙则向记者表示，他们是很好的搭档，没想到这天能发挥得这么完美。这是他们经过一年多艰苦训练的结果，今后将会继续参加比赛，这仅仅是第一枚金牌，还希望能夺取更多的冠军，希望能在残疾体育这条路上永远地走下去。

在赛后的新闻发布会上，中国运动员周杨静的眼睛里依然闪着泪花，激动地说："巴西队和澳大利亚队的实力都很强，在去年的世界锦标赛中他们分别取得了冠亚军的成绩。在今天比赛最后冲刺的一刹那，由于我们和澳大利亚队几乎是同时撞线，我和单子龙都还没有意识夺冠，我们先是愣了一下，在听到全场中国观众的欢呼声后才知道我们是第一名。"

李端打破跳远世界纪录

2008年9月12日中午，北京残奥会男子跳远F11级三级跳远的决赛即将开始，现在运动员们正在场上做着准备活动。

在三级跳决赛中，30岁的中国选手李端作为中国残奥代表团唯一的军人选手，仅在第二跳时，便创造了13.33米的新纪录。

而当其他运动员都已完成比赛、他还剩下最后一次试跳机会时，他凭借此前创纪录的成绩已经可以确保夺冠，但是，李端却不愿就此告别残奥会赛场，这位前中国青年男篮球员、雅典残奥会跳远冠军，以永远进取的精神向自己发起了挑战。

13.71米，这是李端最后一跳的成绩，这是新的世界纪录，将沉睡10年的原世界纪录提高了0.24米。

李端后来回忆说：

跳完最后一跳，教练说裁判拿出钢尺来了，我当时一喜，说明有戏啊！肯定是打破什么纪录了，但我不知道是残奥会纪录还是世界纪录。

李端显然对这个成绩非常满意，即使天性谦和，也难以隐藏那份自豪之情，他接着说："罗德里奎兹那个前世界纪录还是在不戴眼罩的情况下取得的，虽然戴不戴眼罩对我来说都一样，但略有光感的选手在这个项目中还是比较有优势。"

经过顽强拼搏，李端战胜了残酷的命运，站在了生命的荣誉殿堂。

在这个项目上获得银牌和铜牌的是阿塞拜疆选手比拉洛夫和西班牙选手波拉斯，他们分别跳出了 12.80 米和 12.71 米的成绩。

完全生活在黑暗中的李端，在 12 日夺得北京残奥会男子 F11 级三级跳远冠军之后，提到了"五一二"大地震那个令所有中国人心痛的日子。

他说："从那时起到现在整整 4 个月了，现在我终于可以说，我要把残奥会金牌带去四川，让那些在灾难中致残的人们摸摸'金镶玉'，感受生命的力量。"

西班牙选手波拉斯在接受采访时，对李端作出了这样的评价："如果你的报道里要写到我，希望标题是这样的——'波拉斯输给李端获得铜牌'，我会因此而骄傲，因为这个中国人简直是不可战胜的！"

对于"不可战胜"这 4 个字，李端的理解是在生命层面上的。

他说："因为天灾或意外而受伤、致残，有什么不敢出门的？早在地震发生时我就想，一定要去灾区看看，给那些和我一样后天致残的人们讲讲我的故事。现在我终于可以底气十足地说，来，摸摸残奥会金牌是什么样子。中国残奥代表团能取得这么好的成绩，你们也一定能战胜天灾。如果让我送他们两个字，那一定是'自信'。"

除了作为残疾人运动员参加了悉尼、雅典残奥会，以及作为火炬手参加了北京奥运圣火境内传递，李端还在6日晚北京残奥会开幕式上代表运动员宣誓。

身高1.93米的李端原本是一名篮球运动员，在1995至1996年，他与王治郅还是同场竞技的八一队队友。

然而，就在那一年，18岁的李端在一次打扫卫生、移动灭火器的简单动作中遭遇意外，瞬间的爆炸夺去了他的光明。

李端回想起过去说："12年前的昨天是我走进这个黑暗世界的日子，12对中国人来说代表着一个轮回。一年有12个月，一天有12个时辰，我已经过了这个轮回，好运转回来了。"

在完全的黑暗中生活了12年的李端，如今已经活得坚韧而向上了。

那时，八一队的战友经常开导他说："李端啊，你不是学了盲人按摩吗，也帮我们按一按吧。"于是，李端在新的岗位上，通过新技能找到了人生的新方向。

同时，李端也开始参加盲人田径训练，很快便在新项目上找到了自己的位置。在雅典残奥会上，他夺得了两枚金牌，这给了他极大的自信。

　　现在，北京残奥会上这枚金牌，显然令李端最为欣慰。他说："以前我总梦见自己在篮球场上'绝杀'、扣篮，我想今晚开始，我会梦见自己在黑暗中跳远，冲破光明，做一个破世界纪录的美梦。"

　　此时，已身为人父的李端还有一个愿望，那就是希望小名叫"梦想"的3岁的儿子快快长高，来完成他未实现的篮球梦。

苏桦伟获得田径首金

2008 年 9 月 15 日，在国家体育场举行了北京残奥会男子 200 米 T36 级决赛。

这天，北京残奥会的田径赛场一共产生了 18 枚金牌。中国人再次成为"鸟巢"的主角，得到了 7 枚金牌。

其中，中国香港代表团获得田径项目的首金，中国代表团也有六金入账。

来自中国香港代表团的苏桦伟在男子 200 米 T36 级的比赛中，以 24 秒 65 的成绩成功卫冕，还打破了该项目的世界纪录，并为中国香港代表团获得了本届残奥会上的第一枚田径金牌。

当苏桦伟冲过终点的那一刻，他用力挥动着右臂，激动地大声喊着："妈妈，我赢了，还破了纪录。"

脑瘫运动员苏桦伟在香港被称为"阿甘"，平时的工作是一名文员，在香港艺人刘德华的公司里上班。而他的老板刘德华正好是北京残奥会的"爱心大使"。

赛后，当被问起老板刘德华许诺给他的奖励是什么时，这位刚刚在男子 200 米 T36 级决赛中夺冠的 26 岁的运动员表示，他看重的只有金牌。

他说："很高兴能再次夺冠，并打破了自己创造的世界纪录。赛前我生了一场病，状态不是很好。这天比赛前半段的速度不及平常，但到后半段奋力一搏，赶上了其他运动员还拿下金牌，比赛前 50 米我有些紧张，后来好些，也跑得快些，因为观众都在为我加油。"接着他又说道："我觉得要取得奖牌没有捷径，熟能生巧。但是最近的 120 米训练对我帮助很大。"

其实，苏桦伟在出生时就患有黄疸，影响了他的听力和肢体平衡能力。

不过，他幼时就非常热衷于跑步，10 岁时被教练发现并开始进行体育训练。

这次在北京残奥会上，他共参加了男子 100 米、200 米和 400 米 T36 级三项比赛，目前他的比赛任务已经全部结束，而中国香港代表团在田径项目上的收获，只有苏桦伟夺得的 1 金 1 铜。

已是"四朝元老"的苏桦伟现在也没想过退役，他说："我现在的身体状况还能跑下去，退役之后干什么，还是到时候再想吧"。

在苏桦伟来北京之前，他已经是三届残奥会的金牌得主，也是男子 100 米和 200 米 T36 级的世界纪录保持者。

早在 1996 年，他就在亚特兰大赢得 4×100 米接力金牌，这是他的第一枚残奥会奖牌。

此后，他又在悉尼和雅典残奥会上将 4 块金牌、2 块银牌和 2 块铜牌收入囊中，并接连 3 次打破世界纪录。

除了苏桦伟外，中国人在当天田径赛场上还打破了五项世界纪录。

T53 级轮椅竞速选手黄丽莎以 29 秒 17 的成绩打破女子 200 米世界纪录，同时这也是她在北京残奥会上收获的第二金。

男子 T53 级的中国选手李虎召以 1 分 36 秒 30 的成绩刷新了 800 米世界纪录，同样获得了个人第二金。

中国队在男子 T11－13 级 4×100 米接力的预赛中跑出了 42 秒 80，创造了新的世界纪录。

在女子铁饼 F42－46 级的比赛中，来自天津的王君在比赛中四次打破 F42 级的世界纪录夺冠。

这一天，对中国人来说，是一个喜庆与丰收的日子。

顽强拼搏

王芳蝉联残奥会百米冠军

2008 年 9 月 16 日，在国家体育场举行了北京残奥会女子 100 米 T36 级决赛。

北京残奥会田径比赛进入第九个比赛日，共有 8 名选手参加了当天的决赛。

中国选手王芳参加了女子 100 米 T36 级的决赛。决赛的枪声打响后，王芳冲了出去，在最后快到终点时，以领先的优势跑在第一位。

王芳刚刚冲过终点，就摔倒在赛道上，表情极为痛苦。几分钟后，她才艰难地从地上坐起来。

这时，观众悬着的心才终于放下，"鸟巢"里顿时掌声响成一片。

最后，王芳以 13 秒 82 的成绩获得金牌，并打破世界纪录。

德国选手克劳迪娅·尼科莱齐克以 15 秒 00 的成绩获得银牌，铜牌被英国选手黑兹尔·辛普森获得，成绩是 15 秒 40。

除了获得冠军的中国选手王芳的成绩打破世界纪录以外，还有 3 名选手也跑出了赛季最好成绩，她们分别是日本选手加藤游木头、中国香港选手余春丽和俄罗斯选手艾久尔·萨希布扎达耶娃。

赛后，金牌得主王芳在接受采访时表示，自己没想到能打破世界纪录，只是尽全力去跑。

她说："今天在热身时受到了下雨的影响，一开始担心跑道很滑。"

其实，在生活上，王芳是先天性脑瘫，她的智力和身体发育水平从小就明显低于同龄儿童。

但是，天道酬勤，这位曾经连路都走不稳的女孩，当天却取得了骄人的成绩。

她的教练闫建华说："1999 年，王芳刚来天津市残疾人田径队时，连路都走不稳，四肢协调能力差，当时谁也没想到她能成为世界冠军。"

夺得了冠军的王芳，现在最想和家人一起分享这份喜悦，她说："我现在感觉很放松和欣慰。我有一年没有回家了，非常想念家人，希望能尽快和他们团聚。"

中国获男子接力第一名

2008 年 9 月 16 日，北京残奥会在国家体育场举行男子 4×100 米接力 T11－13 级决赛。

由 T11 级选手刘向坤和三名 T12 级选手李强、杨育青、李岩松组成的上届冠军中国队在 9 月 15 日的首轮比赛中，以 42 秒 80 的成绩获得小组第一名晋级决赛，并打破自己在雅典残奥会上创造的 43 秒 16 的成绩。

在北京残奥会田径比赛进入第九个比赛日中，男子 4×100 米接力 T11－13 级决赛开始了。

拥有 9 条跑道的国家体育场，此时只有 4 条跑道上站着起跑的运动员，因为参加这一级别的运动员都有视力障碍，一半参加比赛的选手都需要引导员陪伴才能顺利赛跑，因而需要占据两条跑道。

中国队在第五道，首棒刘向坤是盲人选手，残疾程度为 T11 级的他根本无法看到跑道和队友的身影。因此，接力棒便握在了他旁边引导员的手上。

比赛枪声响起，虽然刘向坤的起跑反应时间为 0.272 秒，排在了第三位，但他还是顺利地把接力棒交到第二棒李强手中。

李强、杨育青和李岩松都是 T12 级选手，3 人的视力加在一起还不到 0.1，虽然在奔跑中都不需要引导员来陪伴，但他们的眼睛也只能勉强分清自己的手指。

对于这些视力具有障碍的选手来说，能在高速奔跑中不出现失误地完成交接棒，已经是非常不容易的事情了。

在比赛中，每个交接棒的区域都会站一个教练，队员交接棒时要靠教练喊才能掌握时间，而找到彼此的位置则全凭听觉、经验以及队友之间的配合。

在经过前三棒的顺利交接后，第四棒李岩松接过棒时中国队已遥遥领先，最终李岩松率先冲过终点，以42秒75的成绩夺得金牌，并打破昨天刚刚创造的世界纪录。

第七道的委内瑞拉队四棒选手分别是约尔达尼·席尔瓦、里卡多·桑塔纳、奥杜韦尔·达萨和费尔南多·费雷尔，最终委内瑞拉队也发挥出色，以43秒55的成绩拿走了银牌。

在第三道的是法国队，由特雷素·马孔达、帕斯夸莱·加洛、斯特凡纳·博佐洛和罗南·帕利耶4人组成，最终他们跑出44秒49的成绩，夺得铜牌。

祁顺获马拉松第一名

2008 年 9 月 17 日，进行了北京残奥会男子马拉松 T12 级比赛。

残奥会进入了最后一天，田径项目在今早进行马拉松的角逐，将产生 5 枚金牌。

在男子 T12 级的比赛中，中国选手祁顺凭借顽强的毅力和良好的体能储备，第一个跑入"鸟巢"场内，并创造了 2 小时 30 分 32 秒的好成绩，在"鸟巢"万人欢呼声中获得冠军，并创造该级别新的世界纪录。

冲过终点线后，有视力障碍的运动员祁顺表现得异常兴奋，他长时间跪在地上，亲吻着红色的塑胶跑道。

祁顺把胜利归功于战术安排得当，使他在最后阶段从心理上击溃了对手。

他说："今天的战术安排非常成功，我一直是在按照自己的节奏跑。最后两三公里，虽然我也很累，但还是坚持住了。当我和后面对手的距离越拉越大之后，对手的心理就垮了。不急躁、不放弃，这是我的计划，我完成了。"

走出赛场后的祁顺，仍掩饰不住内心的激动。他说："我不知道用何种语言来表达我现在的心情，太难以置信了，就像一场梦。"

当天有 3 项马拉松比赛通过轮椅完成。在男子 T54 级比赛中，澳大利亚选手费恩利获得金牌，成绩为 1 小时 23 分 17 秒。

在女子 T54 级的比赛中，赛前曾期望有所收获的中国女将刘文君未能如愿，只得了第六，冠军被瑞士选手埃迪特·洪克勒获得。

男子 T52 级的金牌则被奥地利选手格拉特拿走。

墨西哥选手桑蒂连经过 2 小时 27 分 4 秒的奔跑，获得男子 T46 级（肢体残疾）的冠军。

至此，160 枚田径金牌全部在"鸟巢"被选手们拿走，中国队以 38 金 21 银 18 铜的成绩，高居本届残奥会金牌榜榜首。

中国盲足创造最好成绩

中国盲人足球队在北京残奥会的决赛中迎战上届冠军巴西队，这支让世界第一劲旅都颇感头疼的球队，实际上只是一支组队两年多的年轻球队。

在北京残奥会的征程上，中国队历经苦战、绝杀等多重考验，在循环赛中与巴西队打成平手，创造了中国各支足球队中最辉煌的成绩。

中国盲足的国脚们虽然视力上有所残疾，但脚下技艺精湛，盘带突破、过人配合水平相当高，这在很大程度上弥补了他们先天上身体对于欧美强队的不足。这样的一支队伍取得连续击败阿根廷、西班牙等强敌的辉煌战绩。

心无旁骛可以说是这支球队成功的最大原因所在。在这支球队中，有的队员为了踢球放弃了自己赖以谋生的工作，有的队员备受多舛命运的折磨。这支球队的队员大多家境贫寒，仅一人有工作，其余都是"学生军"……但正是他们对足球的爱，对足球不折不扣、纯净的爱，让他们走上了残奥会的荣耀殿堂，博得了全世界的尊重。

9月17日13时，在北京残奥会五人制盲人足球决赛，中国与巴西的冠军争夺战在北京奥林匹克公园曲棍球场打响。

在本场比赛之前，中国五人制盲人足球队在本届残奥会上一直保持着不败的战绩。而在当时最近的一场循环赛中，中国队曾以 1 比 1 战平决赛中的对手巴西队。

在本场比赛开始之前，由于前两场进行的排位赛——英国与韩国、西班牙与阿根廷的比赛都是进行到了最终的点球大战，因此本场比赛的时间也向后顺延。

比赛由中国队首先开球。中国队的 11 号前锋王亚锋在比赛第一分钟就寻找到不错的机会。王亚峰在对方球员的紧追下沿左路带球形成突破。突入禁区后，王亚峰遭遇巴西球员的干扰而没有能够形成射门。

随后，巴西队利用娴熟的技术占据了场上的优势。在他们的场上核心——10 号阿尔维斯的带领下，巴西队发动了如潮水一般的攻势。在双方对抗最激烈的时刻，除守门员瓦斯康塞洛斯之外的 4 名巴西队员都一度冲入中国队半场进行强攻。

比赛进行到第四分钟，巴西队 10 号阿尔维斯在禁区中路获得射门机会，球打在中国队队员身上，没有造成威胁。此后巴西队获得点球机会。

第五分钟，又是阿尔维斯利用娴熟的技术带球闯入中国队禁区内，中国队防守球员不慎将其撞倒在地，主裁判判罚点球。中国守门员夏征判断对了方向，奋勇将球扑出，力保中国队大门不失。

此后第七分钟，中国队前锋王亚锋带球摆脱对方后

顽强拼搏

卫的围追，闪出空当一脚大力射门，可惜球被对方门将控制住。1分钟后，王亚锋再次带球冲入禁区，面对对方门将遗憾地把球射偏了。

此后，巴西队展开反击，8号席尔瓦的冷射直飞球门，中国队守门员夏征奋力将球得到后手抛球发动进攻。10号前锋郑文发带球突入禁区，巴西队后卫大脚解围。第十七分钟，巴西队席尔瓦带球从右路突入禁区，一脚射门打中了中国队门柱。1分钟后，中国队王亚锋获得单刀球机会，可惜射门被巴西队守门员瓦斯康塞洛斯奋力扑出。

在巴西队场面呈现被动之后，他们的球星阿尔维斯再度被替换上场。而中国队也由陈山勇换下了10号郑文发。比赛进行到第二十三分钟，巴西队席尔瓦禁区外再次射门。球被守门员奋力扑出。随后中国队组织快速反击。王亚锋带球突然从中路杀入禁区形成单刀赴会，禁区内射出的球刁钻直飞球门死角。中国队1比0领先巴西。

比赛进行到第二十五分钟，巴西队获得扳平比分的绝佳良机。巴西队前锋阿尔维斯利用中国队球员体能下降的机会形成单刀球，晃过中国队后卫防守后一脚打门，击中球门立柱！

下半场比赛开始后，巴西队继续对中国队发起猛攻。巴西队席尔瓦在禁区左侧截住球一脚劲射，中国队守门员倒地用脚将球踢出了底线。下半场第四分钟，巴西队将双方拉回到了同一起跑线上。中国队犯规，巴西队获得了右路罚任意球的机会，阿尔维斯带球小跑两步后一脚劲射，场上比分1比1平。

平局之后，场上对抗非常激烈，巴西队一名球员甚至眼罩都被挤掉在了地上。与此同时，巴西球门后的中国引导员李建伟过于激动，碰到了对方守门员，被出示了黄牌。

比赛进行到下半场第七分钟，阿尔维斯一脚射门被扑出，准备补射时中国队长李孝强上前防守，被巴西队席尔瓦碰倒在地。这次撞击比较严重，李孝强长时间倒地无法站起来，被担架抬出了场外。

此后，王亚锋出场代替受伤的李孝强进行防守，只有郑文发一人突前。郑文发在前场突破造成一次角球，可惜未能形成威胁。下半场第十分钟，李孝强治疗完毕后替下郑文发。

比赛进行到第三十五分钟，王亚锋前场断球形成了突破，但他在角度极小的情况下只能将球射在门将身上。巴西队阿尔维斯外围远射迫使中国门将脱手，但夏征第二反应很快，将球又迅速压在了身下。随后阿尔维斯再度发威，一人晃过中国队3名球员，可是没有能够形成射门。随后中国队3号陈山勇个人突破后，面对巴西守门员一脚射门，球被瓦斯康塞洛斯奋力扑出。

此时，中国队获得了宝贵的暂停机会。第四十三分钟，中国队由郑文发替下王亚锋。而巴西队也由阿尔维斯替下了9号巴蒂斯塔。第四十六分钟，中国队后卫王周彬助攻到前场，巴西队两名后卫将球阻断。巴西队利用自己娴熟的技术向中国队的腹地展开围攻。第四十七分钟，巴西队阿尔维斯一脚劲射，球打在中国队守门员夏征的怀里。第三十九分钟，中国队在中圈附近与对方队员撞在一起，裁判判罚中国队犯规。因为中国队累积4次犯规，巴西队获得了在第二罚球点罚球的机会。巴西队席尔瓦一蹴而就，巴西队将比分逆转。

最终，经验老到的巴西队利用技术优势将2比1的比分保持到了终场结束。这样，中国队最终以1比2的比分不敌巴西队，获得北京残奥会男子五人制盲人足球比赛银牌。巴西队获得冠军。

中国队虽屈居亚军，但依然创造了中国盲人足球世界大赛的历史最好成绩。

三、 圆满闭幕

● 整场演出以一封"给未来的信"为主线，向全世界残疾人朋友送去了中国人民最诚挚的祝福：自强不息，收获幸福。

● 波兰残疾运动员帕蒂卡说："中国待我就像待女儿一样，我挑不出一点儿可以抱怨的地方。"

● 西班牙残奥委主席米格尔·卡瓦列达说："……北京残奥会堪称典范，中国人民为残奥会所付出的巨大努力令人感动。"

北京残奥会落下帷幕

2008 年 9 月 17 日晚，在国家体育场隆重举行了北京残奥会的闭幕式。

党和国家领导人胡锦涛、江泽民、吴邦国、温家宝、贾庆林、李长春、习近平、李克强、贺国强，国际残奥委会主席克雷文，国际奥委会主席罗格，以及来自世界各地的贵宾出席闭幕式。

今晚的国家体育场内洋溢着热烈、喜庆的气氛。

19 时，各代表团运动员从 4 条通道同时入场，现场观众报以热烈的掌声，向他们表达由衷的敬意。

19 时 56 分，在欢快的乐曲声中，胡锦涛、江泽民和克雷文、罗格等来到主席台，向观众热情挥手致意。全场响起热烈的掌声。

"两个奥运，同样精彩"，这是中国对世界的庄严承诺。北京残奥会出色的赛事组织、完善的无障碍设施、人性化的服务，赢得了运动员、教练员和国际社会的广泛赞誉。

在北京残奥会的赛场上，来自 147 个国家和地区的 4000 多名残疾人运动员顽强拼搏，奋勇争先，刷新了 279 项残疾人世界纪录和 339 项残奥会纪录。

中国体育代表团获得了 89 枚金牌、211 枚奖牌，名列金牌榜和奖牌榜首位，创造了中国体育代表团参加残奥会以来的最好成绩。

此时，体育场内的两个电子屏幕上，展现出北京残奥会的一个个难忘的瞬间。

一束束焰火从不同方向腾空而起，在"鸟巢"上空华美地绽放，北京残奥会闭幕式正式开始。

军乐团奏响中华人民共和国国歌，在雄壮的国歌声中，鲜艳的五星红旗冉冉升起。

在全场观众的热情欢呼声中，147名旗手手持参加北京残奥会的各代表团的旗帜入场。

随后，闭幕式举行了"顽强拼搏奖"颁奖仪式。北京残奥会"顽强拼搏奖"由巴拿马田径运动员赛义德·戈麦斯和南非游泳运动员纳塔莉·杜托伊特获得。

接着，5位新当选的国际残奥委会运动员委员会委员代表全体运动员，向12名北京残奥会志愿者代表献花。

这项仪式是由国际残奥委会决定在北京残奥会闭幕式上特别增设的，感谢广大志愿者的辛勤付出，感谢3万多名赛会志愿者和几十万名城市志愿者，在北京残奥会期间用灿烂的笑容、真诚的服务来为每个人运动员进行帮助。

仪式进行完毕，大型文艺演出开始了。丝竹悠扬，灯光在体育场中央勾勒出一片绿色的草地……

整场演出以一封"给未来的信"为主线，向全世界残疾人朋友送去中国人民最诚挚的祝福：

自强不息，收获幸福。

绿草地上，黄色的小花渐次开放，显现出中英文"给未来的信"字样。

纷纷扬扬的香山红叶从天而降，黄衣少女翩翩起舞，在草地上装点出一个巨大的"信封"……

这是文艺表演《香山红叶》，它抒发了中国人民对所有残疾人运动员的深情眷恋。

接着，不同肤色的"布娃娃"演员，簇拥着一位老人进入草坪中央，伴着舒缓的旋律，伸手摘下天上的"星星"种在地上，地上顿时星光闪烁、五彩缤纷……

这是文艺表演《播种》，凸显了播种残奥精神、播撒光明和希望的深刻主题。

芳草地上，"发丝树冠"少女如同流动的清泉，浇灌着长椅上沉思的"铜雕人"。一位白衣少女怀着喜悦的心情阅读手中的信件；晨雾缠绕着田野，鲜花绚烂地绽放，盲人演奏家用动听的笛声描绘出自然和谐的田园风光；戴着草帽的少女婀娜起舞，阳光男孩向空中抛起草帽，一顶顶金色的草帽在天空中飞舞……

之后的文艺表演《浇灌》《收获》《欢庆》更是色彩斑斓，让全场观众目不暇接，并为之深深感染。

在激情澎湃的音乐声中，上百名卡通"邮递员"徐徐升空，仿佛传书鸿雁在空中飞翔。

与此同时，卡通"邮递员"将现场观众写好的明信片投进场内的邮筒。一张张明信片，满载着北京的祝愿寄往远方……

这是文艺表演《寄往未来》，场面可谓壮观，气势可谓恢宏，把整场演出推向了高潮。

在全场观众的热烈掌声中，文艺演出结束了。

这时，北京奥组委主席刘淇致辞：

尊敬的胡锦涛主席和夫人，尊敬的克雷文主席和夫人，尊敬的罗格主席和夫人，女士们，先生们，朋友们：

在北京 2008 年残奥会胜利闭幕的时候，请允许我代表北京奥组委，向所有参会的运动员表示热烈的祝贺。向国际残奥委会各国家、地区残奥委会，各国际残疾人单项体育组织和乐于奉献的志愿者，以及所有为本届残奥会作出贡献的朋友们表示衷心的感谢。

本届残奥会是体现"超越、融合、共享"理念的盛会，来自世界 147 个国家和地区的4000 多名残疾残奥运动员，顽强拼搏，奋勇争先，打破了 279 项世界纪录，339 项残奥会纪录，创造了令人钦佩的运动成绩，展现了自尊、自信、自强、自立的精神风貌，唱响了自强不息的生命赞歌，每一名运动员都以顽强的意志和拼搏精神诠释了生命的价值和意义，给人以强烈的心灵震撼和精神洗礼。所有参赛运动员都是主宰自己命运的强者。让我们向他们致以崇高的敬意。

本届残奥会是残疾人的节日，残疾人运动员以汗水和努力分享胜利的喜悦、参与的快乐，观众与运动员真情互动，心相交融，残奥竞技场成了欢乐的海洋。在残奥会的感召下，北京市30多万残疾人走出家门，融入社会，体验残奥会的魅力，感受炙热的亲情。全世界的残疾人朋友通过电视媒体见证了精彩的残奥运动，共享了残奥会的美好时光。

本届残奥会是关心、推动残疾人事业的盛会，通过残奥会，不仅改善了城市的无障碍环境，而且在残疾人和健全人之间搭起了一座心灵无障碍的桥梁。残疾人需要全社会给予更多的理解和关爱，只要人人都献出一份爱，我们这个世界就会更加和谐、更加美好。

欢聚的时光是短暂的，在本届残奥圣火即将熄灭的时候，我们真诚地祝愿，已激情点燃的熊熊火焰化作绚丽的彩虹，传递出人间大爱。现在我非常荣幸地邀请国际残疾人奥委会主席菲利普·克雷文先生致辞。

紧接着，国际残奥委会主席克雷文在闭幕式上致辞：

尊敬的胡锦涛主席及夫人，运动员们，官员们，尊敬的来宾们，全世界的残奥会运动爱好者们：

晚上好，欢迎你们。

2500年前，孔子曾说过"有朋自远方来，不亦乐乎"。今天，请允许我代表所有残奥大家庭成员，冒昧地对圣人的这句名言做这样的阐发，我们自远方来，在中国结交朋友，同样乐在其中。

我们衷心感谢北京奥组委刘淇主席，运动员们，优秀的志愿者们，国际残奥委委员，国际单项体育联合会及各国家和地区残奥委会的官员和工作人员，前来报道赛事的5500名媒体工作人员，特别是负责电视转播的马诺罗·罗梅罗先生和他的团队，以及所有赞助商。

最后，特别要感谢你们，热情洋溢的观众们，这是一届多么伟大的盛会，开幕式美轮美奂，体育场馆完美无瑕，运动竞技表演令人叹为观止，残奥村条件之优越史无前例，高清电视转播令人称奇，志愿者们出类拔萃，千千万万的残奥体育迷在中国和世界各地涌现。这是有史以来最伟大的一届残奥会，这一切源自精神的力量，这种精神就是残奥精神，它在我们的运动中永放光芒。

如今，残奥精神在中国得到进一步发扬光大，它走近你们，你们拥抱它，将之珍藏于心。现在，这些精神汇聚在一起，同一个世界，同一个梦想，所有人都是同样的人，已成为现实，所有运动员、教练员和官员应该把本届残奥会独一无二的体育精神带往地球的四面八方，以此鼓励更多的人参与运动，结交朋友，点燃心灵之火。

最后，我宣布北京2008年残疾人奥林匹克运动会闭幕，来自世界各地的残奥选手，我在此号召你们四年后相聚伦敦，届时你们将再次展现高超的体育竞技水平，振奋人心，感动世界。谢谢香港，谢谢青岛，谢谢北京，谢谢中国。

然后，在英国国旗升起后，国际残奥委会会旗伴随着国际残奥委会会歌声缓缓降下。

此时，国际残奥委会会旗交接仪式开始。

北京市长郭金龙从执旗手手中接过会旗，向全场观众挥动，然后将会旗交到残奥委会主席克雷文手中。

随后，克雷文将会旗交给2012年残奥会主办城市英国伦敦市市长鲍里斯·约翰逊。

现场开始伦敦接旗演出。撒满红叶的跑道上，一辆伦敦标志性的双层巴士缓缓驶来。激情昂扬的鼓乐，节奏明快的街舞，悠然自得的下午茶……

此时，全场灯光转暗，残奥会圣火格外明亮。

体育场中央的草坪上，聋哑女童用手语与圣火进行着心灵的对话：

圣火啊，看见了吗？你在我心中燃烧；圣火啊，听到了吗？我在用心为你歌唱！

在充满深情的倾诉中，熊熊燃烧的北京残奥会圣火渐渐熄灭……

伴随着《与梦飞翔》的童声合唱，126 名聋哑演员分成 6 组，表演起手语舞蹈《千手观音》。

只见那一只只手臂有节奏地打开、挥舞，仿佛一道道闪烁的光芒，象征着残奥会圣火将永远在人们的心中燃烧，永不熄灭。

璀璨的焰火映亮了夜空，变幻出垂柳的造型。杨柳依依，情意切切，表达了中国人民对世界各地残疾人运动员和来宾朋友依依不舍的情谊和诚挚美好的祝愿。

来自世界各国各地区的数千名残疾人运动员、教练员和来宾，同现场 9 万多名观众一起，热烈庆祝北京残奥会取得圆满成功。

残奥会上的感人瞬间

2008 年 9 月 15 日，新华网北京电：

残奥会开赛以来，残疾人受到的关爱体现在每一个细节里：从"鸟巢"的无障碍设施到长城的残疾人电梯，从志愿者的微笑到全聚德的盲人菜单，从飞机场开始的体贴接待到奥运场馆的人性化安检……细致入微的关怀和家一般的温暖，让来自世界各地的残疾人感受到中国政府和人民的真挚善意。

波兰残疾运动员帕蒂卡说："中国待我就像待女儿一样，我挑不出一点儿可以抱怨的地方。"

荷兰轮椅网球选手谢佛斯赞叹说："无论在哪里，志愿者都非常热情。在北京机场，当我要俯身拿包的时候，已经有志愿者帮我把包放在了车上。"

斯洛文尼亚射击队教练波隆卡·斯拉迪奇说，组织工作中完美的细节让人觉得"温暖、舒服"。

送出的是温暖，播种的是友谊。开幕式上、

比赛期间，很多外国残疾人纷纷在横幅上、在 T 恤上、在本国的国旗上写下心声——"你好！北京！""谢谢！中国！"他们用这简短而有力的语言表达谢意，真情的流露令人动容。

外国媒体及各国残奥委会纷纷表示，北京对残疾人的体贴令人感动。

新加坡媒体指出，从残奥村到比赛场馆，再到残奥会上的各种程序安排，人们都能体会到主办方一丝不苟的态度，不但洋溢着体贴和温情，更体现对生命价值和尊严的珍视。

……

来自世界各地的残疾人在接受周到服务的同时，也在用行动温暖着无数中国观众。他们身上闪耀的美和他们自强不息、抗击命运的精神同样感动着中国，赢得了中国人民的尊重。

生命的光辉在心与心之间传递，追求梦想的火焰在所有人的心中共同燃烧，友谊之树也在互相鼓励的温馨中茁壮成长。

残奥盛会即将落幕，那浓浓的温暖将成为中国和世界、健全人和残疾人共同的珍贵记忆，这条割舍不断的情感纽带将把彼此更紧地连在一起。

可以说，在 2008 年北京残疾人奥运会召开期间，每

圆满闭幕

103

时每刻都有许多感人的故事发生着。而这感动也将永远留在每个人的心间。

国际残奥委会主席克雷文说：

这些天，北京让我感动的事情太多了，说也说不完。

当 11 岁的北川女孩李月坐在轮椅上"跳"起芭蕾舞时，动作优美，眼神清澈，仅存的右脚上的那只红舞鞋是那般鲜艳夺目，瞬间将人们带入情感之门。

人们看着伴舞的演员用手穿着舞鞋代替李月的脚一踮一点一落，看着李月被"芭蕾王子"吕萌高高托举飞翔，看着一个被残酷的地震击碎舞蹈梦想的小女孩，在无数敬重生命与梦想的人们的帮助下，终于在全世界面前，重新起舞……无数人在泪眼迷蒙中看完了这段舞蹈。

这正如参加残奥会的许多运动员，都曾经陷入过因为肢体残缺而梦想破灭的绝望，然而他们通过体育重新燃起对梦想的追求与希冀。他们不幸折断了翅膀，但他们依然实现了飞翔的梦想。

在开幕式点火仪式上，侯斌依靠一根绳子，牙关紧咬，奋力把自己与身下的轮椅拉升 36 米，以这种朴拙而令人震撼的方式点燃了北京残奥会主火炬。

整个世界为之屏息。这使无数人为之热泪盈眶！

侯斌代表了所有跌入厄运之中但并不屈服的残疾人。

他们自强不息，从命运的黑暗中挣扎出来，最终实现理想，实现自我超越。

其实，侯斌的行为就如同在北京残奥会赛场上那些运动员失去了手，照样打球；失去了腿，照样奔跑；失去了光明，照样驰骋的人一样感人至深。

38 岁的朱建辉是一个重度脑瘫患者，没上过学，不会说话，这次也没拿到奖牌，但他很兴奋，颤抖着手高高举起来，竖起拇指，这是他对命运的一次成功超越！

何军权失去了双臂，只能依靠腰部和腿在水中拼命向前游，只能依靠头颅用力撞向池壁，只能依靠脖子在领奖台上紧紧夹住鲜花。给何军权的颁奖嘉宾都向他高高竖起大拇指，这是对传奇的致敬。

葡萄牙选手费尔南德斯在每场投球前都要做这样的动作：艰难地将头向右后侧摆了摆，上半身慢慢地向前倒去，教练费雷拉立刻会意，上前把费尔南德斯的上半身按倒，尔后倾身，用强壮的双臂和上半身紧紧压在弟子的身上。这样，费尔南德斯才可以俯身投球。他夺冠后，由于过度激动，四肢大张着在轮椅上抽搐，费雷拉便紧紧地抱住了他。

在 2008 年残奥帆赛上，美国选手斯坎登与队友合作获得了 1 枚金牌。斯坎登是严重的肌肉萎缩患者，骨瘦如柴，几乎丧失了所有肌肉能力，只能靠电动轮椅行动。医生在 2002 年曾预言他最多只能活 5 年。但是他与命运进行了顽强的抗争，尽管随时面临着生命的终点。

有的运动员用嘴放箭，还有的运动员用牙齿叼着缰绳策马奔跑。

美国选手尼克·泰勒在轮椅网球比赛中，将左手和球拍用绳子连在一起，右手控制电动轮椅，用脚发球。

还有一些运动员依靠听觉，盘带、突破、射门……在黑暗的世界里拼搏着。例如中国盲人选手，为中国足球带来了光明。正是他们对足球的爱，让他们走上了残奥会的荣耀殿堂，拼搏出了自己的尊严，得到全世界的认可与尊重。

在田径场上，领跑员与盲人运动员的手用一截绳子牵在一起，并肩奔跑，是残奥会田径比赛中独特而感人的一幕。残健同行，共享体育，在此得到了最好的诠释。

有一个残缺的团体组合，7 日那天，在日本坐式女排与荷兰比赛中，队员坂本春美怀里抱着一个相框，坐在替补席上。相框里，是一个肤色雪白、笑靥如花的少女。

当时，参加残奥会坐式排球比赛的每支队伍都有 12 名队员，但日本女排只有 11 名。在当年 8 月 12 日，队中 21 岁的队员浅野久美子被病魔夺去了生命。在悲痛之余，教练和队员们决定：把浅野的照片和衣服带到中国的赛场，如同她依然和队友在一起并肩战斗。

可以说，运动员们用残缺的身体和健全的精神力量创造了惊人的传奇，他们向世界证明：每个生命都有尊严，都有价值！

在尊严与价值得到体现的同时，在北京 2008 年残奥会上，人们用得最多的一个词就是"谢谢"。

比如，9月10日那天，终场哨音响起，伊朗7人制男足队员集体跑向北侧边线，彼此揽着肩头站成横排，然后集体双膝跪地，向看台上为他们加油的中国观众表达感激之情。运动员们出人意料的举动，令在场观众为之一愣，随即观众便报以热烈的掌声与呐喊。

可以说，"谢谢"二字，成为北京残奥会上外国残疾人运动员最常用的汉字。

再如，瑞典男子轮椅篮球队、伊朗足球队、日本轮椅橄榄球队……他们或以横幅，或以纸板，上写"谢谢中国""谢谢北京"，表达了他们对东道主、对健全人的感激之情，对中国人民所奉献的与北京奥运会同样精彩的一届残奥会的由衷感激之情。

有时候，在运动会的赛场上也会出现一些小小的意外，而这些意外却又有着感人的一面。

在女子200米T44级决赛中，法国选手菲尔虽然被摔倒在地的美国名将霍姆斯绊倒，却没有埋怨和责怪。反而安慰情绪低落的霍姆斯，并献上热情的拥抱。

在男子100米T44级决赛中，该项目世界纪录保持者美国选手马龙·雪利在比赛途中意外摔倒。然而，这位令人尊敬的选手在翻滚了几个跟头之后，硬是咬着牙爬了起来一瘸一拐地走到了终点。

数万观众目睹了这一感人至深的情景，"鸟巢"内顿时响起了长时间热烈的掌声。

在男子 400 米 T38 级决赛中，中国选手周文俊将对手们甩在身后，当距离终点不到 50 米时，他突然跌倒，随即被身后的对手们超过。周文俊爬起来后，一瘸一拐地走向终点。"周文俊，加油！"观众席爆发出热烈的加油声。最终，他获得了第七名。

在这个项目上，突尼斯选手费尔哈特·希达夺得冠军。比赛结束后，费尔哈特·希达庆贺胜利时，特意披上了中国国旗。

可以说，残奥会上常有意外发生，但此刻人们之间的相互关爱，超越了金牌本身的意义。

在赛场之内，人们互相关爱着；而在赛场之外，也依然有着同样的关爱。

中国田径队全盲选手李端和中国游泳队全盲游泳选手杨博尊，都在取得优异成绩后表示：

> 去四川灾区看看受灾的孩子们，让孩子们摸一摸"金镶玉"，与他们共享胜利，共享战胜困难的人生体验。

此外，在残奥会赛场上，还有一个关键词，那就是爱情。在爱情的滋润下，残疾人运动员不懈地拼搏着。爱情的光芒，超过了金牌。

"水立方"训练池旁，左小臂截肢的波兰女孩沃娜克每次出水时，拄着双拐的男友都会上前相扶。

田径赛场上，巴西女将桑托斯视力全盲，丈夫拉斐尔用一段绳子牵着她，如此默契地朝着同一方向前进。

射击场上，韩国 10 米气步枪冠军李知锡每次发枪前，怀孕 6 个月的妻子都会亲手为他装入子弹。

还有一位患有先天性视力障碍的骑手，他甚至看不见女友温迪美丽的脸庞，却能时刻感受到她天使般纯美的笑脸。在他左手紧握金牌的时候，右手把女友温迪搂入怀中，那一刻，他是全世界最幸福的人。

在残奥会的赛场上，精神的强健、生命的坚韧、人性的伟大，以及心灵最柔软处被一次次触动，我们或热泪盈眶，或心潮澎湃，或感慨良久⋯⋯

初秋的北京，赛场内外是一幕幕感人至深的画面。相信在很多年后，在回眸北京残奥会感人瞬间之时，这些都会让我们感觉温暖异常⋯⋯

各国媒体盛赞闭幕式

2008 年 9 月 17 日晚，在国家体育场举行的残奥会闭幕式上，演员和志愿者手拉手，跳起了欢快的舞蹈，观众起立欢呼，庆祝残奥会取得圆满成功。

对于这次残奥会美丽的闭幕式，各国媒体又纷纷发出了惊叹的声音。

英国广播公司二台在 17 日下午对北京残奥会闭幕式进行了全程现场直播。直播评论员称赞北京残奥会是"史上最成功的残奥会"，闭幕式则是"充满想象、精彩绝伦、令人感动"。评论员说：

> 北京残奥会的组织者在闭幕式上把世界最著名的"鸟巢"体育场变成了世界上最盛大的剧院，上演了一出五光十色、充满想象和令人感动的戏剧。

评论员评论说，观众在闭幕式上看到了"西方没有或者已经失去的最令人感动的东西"，这一幕幕场景将长久地留在他们的记忆中。

北京残奥会是"快乐的 12 天"，是"全世界残疾人的大派对""上演了太多的故事，奉献了太多的感动，给人留下了极其深刻的印象"。

评论员认为，北京残奥会的成功举办对伦敦组织者而言无疑是一项艰巨的挑战，他们在今后的 4 年里将面临重压。

而巴西环球媒体集团所属网站，在 17 日刊登了一篇由该集团特派记者自北京发回的综合报道说：

北京以一场主题为"礼赞生命"的晚会，为残奥会画上了一个完美的句号。除了在残奥会上叱咤风云的运动员之外，中国再次以殷勤的主人姿态和热烈的节日氛围感动了全世界。

随着残奥会的结束，北京圆满地履行了自己的使命，应该为自己感到骄傲。北京残奥会再次给全世界留下了深刻印象。完美的组织工作，几乎场场爆满的上座率，给来自全世界的残疾人运动员创造了良好的比赛环境。

华盛顿时间 17 日早晨，美国《环球体育》网站全程直播了北京残奥会闭幕式。该网站评论员称：这是继举办了一届成功的奥运会后，中国又举办了"历史上最出色的一届残奥会"。

在本届残奥会期间，美国全国广播公司下属网站《环球体育》每天都对残奥会的比赛项目进行直播。在直播残奥会闭幕式时，两位评论员结合画面解读着闭幕式文艺表演《给未来的信》。当红叶飘然而落时，评论员发出"太美了"的惊叹与赞美声。

当来自世界各地的一群小朋友出现在表演现场时，评论员说：

> 这表现了各国和地区的残疾人运动员走到一起，相互帮助，从而表达残疾人与健全人同属一个世界、共逐一个梦想的心声。

在闭幕式结束后，两位评论员颇为感慨地说：

> 我们为能解说这届"历史上最出色的残奥会"而感到非常荣幸。北京残奥会让世界残疾人群体认识到，他们与健全人没有什么不同，只要自强不息，一样能获得美好的人生感受。

巴黎大学俱乐部田径项目主席克里斯蒂安·博托，在接受新华社记者采访时说：

> 多年来，我一直致力于推动残疾人体育运动的发展，而北京残奥会让我看到了希望。
>
> 你知道吗？我们俱乐部有5名田径运动员代表法国参加了本届残奥会，其中包括阿·埃尔·阿努尼。她在雅典残奥会上获得4项冠军，

同时打破 4 项世界纪录，她还是北京残奥会法国代表团在开幕式上的旗手。

克里斯蒂安·博托的话语里充满了自豪。他说，从他获取的信息来看，北京残奥会是一届成功的残奥会，而且获得了前所未有的关注，北京残奥会使人们更加关注残疾人体育事业。

北京时间 17 日晚，法国残疾人运动联合会主席热拉尔·马松参加完残奥会闭幕式回到酒店，在接受记者电话采访时，依然沉浸在美妙的闭幕式之中。

马松说：

现场的气氛热烈极了，我能感觉到每一个人的快乐，闭幕式的一情一景都令人难忘。如果一定要选出让我印象最深的一幕的话，我觉得是聋哑演员表演的《千手观音》，那种震撼将一直留在我们心中。

我想对中国说一千遍"谢谢"，一千遍"太棒了"，你们并不是仅仅把残奥会视为奥运会的"小兄弟"，而是以同样的规格举办残奥会，并对它倾注了同样多的热情……谢谢你们举办了这么好的残奥会。

新华网约翰内斯堡 9 月 17 日向中国发来电文，电文中介绍了当地人民观看残奥会闭幕式的情景。

一位名叫西蒙的人，在观看北京残奥会闭幕式时，主动和新华社记者打起招呼，他说：

今年的 8 月和 9 月，世界因为有了北京奥运赛事而变得更加精彩，北京奥运会和残奥会给了世界太多惊喜和感动。

南非时间 17 日下午 1 时多，也就是北京时间 19 时多，不少南非人来到约翰内斯堡维珍健身房的大屏幕前，观看北京残奥会闭幕式。

在场的中国记者听到最多的就是对北京奥运会和残奥会的赞扬和敬佩。不少人还热情地向记者表示祝贺，同时感谢中国为世界奉献了精彩的奥运盛事。

其中，26 岁的南非小伙子大卫发表了对北京奥运会和残奥会的感受，他说：

整个 8 月和 9 月，奥运会和残奥会让我很享受，这是我欣赏过的最高水平的奥运会，两个奥运会开闭幕式都非常精彩，赛事过程无懈可击，运动员们取得了骄人成绩……

当闭幕式现场飘落下无数红叶和舞蹈演员组成信封造型，观众们爆发出热烈的掌声时，观看闭幕式的残疾人布雷特说：

> 北京奥运会的成功让我惊叹于中国人的认真精神，而北京残奥会的完美带给我的更多是感动，中国政府对残奥会的巨大付出充分体现了对残疾人事业的重视。毫无疑问，中国用自己的实际行动实现了"两个奥运，同样精彩"的承诺。

此外，意大利有线电视体育频道也对北京残奥会闭幕式进行了现场直播。电视解说员说：

> 神奇的中国民乐演奏，优美的舞蹈，使各国残疾人运动员度过了欢快节日。闭幕式突出了与大自然和谐共处的意义。同样神奇的焰火表演，两个奥运一样精彩。

西班牙国家电视台主持人在直播北京残奥会闭幕式时，对闭幕式赞不绝口，称闭幕式规模宏大，充满人情味，为一届取得巨大成功的残奥会画上了圆满的句号。

德国《商报》在 17 日发表了题为《有史以来最好的残奥会》的文章。文章称：

> 正如人们期待的那样，中国举办了有史以

来或许最好、最扣人心弦的残奥会。

比利时通讯社在 17 日报道了北京残奥会闭幕式，说：

> 北京残奥会在组织上堪称完美，尤其是能够容纳 9 万多人的"鸟巢"几乎每场比赛都座无虚席，仅这一点就可以说是实现了"两个奥运，同样精彩"的目标。

日本广播协会电视台 17 日晚，在北京残奥会闭幕不久后播发了闭幕式录像。

日本共同社报道说：

> 闭幕式表演色彩艳丽。大量红叶飘落在体育场，舞蹈表演表现了从播种到收获的过程，空中飞舞的邮递员递送了表达对未来梦想和希望的信。

西班牙埃菲社的一些体育编辑和记者集体观看了北京残奥会闭幕式电视直播，一致赞扬这是一个高水平的闭幕式，充满了对残疾人的深情。

西班牙残奥委主席米格尔·卡瓦列达与该国盲人组织的部分工作人员一起观看了北京残奥会闭幕式，认为演出"精彩、感人"。

西班牙残奥委主席米格尔·卡瓦列达说：

> 北京残奥会组织严密，秩序井然，接待热情，观众踊跃，这都极大地鼓舞了运动员的斗志。北京残奥会堪称典范，中国人民为残奥会所付出的巨大努力令人感动。

圆满闭幕

本书主要参考资料

《从雅典到北京：奥运风云录》刘晓非著 清华大学
出版社

《奥运会上的中国冠军》吴重远主编 新蕾出版社

《历届亚运会集锦》胡新民等编著 中国奥林匹克出
版社

《中国亚运纪实》杨锦 高立林 马年华 朱碧森 徐翼
编 群众出版社

《生命的喝彩——北京残奥会回眸》新华月报编 人
民出版社